U0029814

都市傳說 第二部 3

笭菁——著

幽靈船

——爆炸聲起，豔橘火焰，漆黑濃煙，十死無生——

『該上船的人，就必須上船！』

都市傳說 第二部3：幽靈船

（※本故事內容純屬虛構，如有雷同，純屬巧合。）

楔子

螢幕中跳出熟悉的畫面，學生們立刻知道這是哪一首歌！

「誰的歌？林賢州點的對吧？」大偉揚著麥克風！

「對！謝謝！」坐在ㄇ字型中間沙發的男孩晃晃手，同學協助遞著麥克風，「一起唱啊！」

「這你招牌曲耶！」眾人紛紛掌聲鼓勵，要讓壽星獨唱一番。

長捲髮女孩偷偷的朝坐在最靠門邊的康晉翊使眼色，好像差不多是時候了！

康晉翊用眼神表示知道了，從容起身往外面去。

「啊，社長康，幫我掃點薯條回來！」林賢州高喊著。

「好！沒問題！」康晉翊開門走了出去，KTV永遠是狹長走廊與包廂，一出來他還有點搞不清楚方向，先往右走了十步，才發現是個T型路口，左右兩邊都是長廊死巷，趕緊回頭往包廂的左邊走去才對。

走廊上穿梭的服務生們，人人行色匆匆，他趕緊攔住其中一位。

「抱歉，我是104包廂，我們有預訂蛋糕請你們代收，蛋糕會在……哪邊呢？」

「啊？」服務人員愣了一下，「等一下，我幫你聯絡，你在這裡等喔！」

見他手上端著托盤跟飲料，先閃身前往送餐時，康晉翊確切的聽見他用無線電在幫他詢問蛋糕。

唉，康晉翊皺起眉，今天是同學慶生，他不是不愛跟同學相聚，實在是……很不喜歡ＫＴＶ的味道！不知道是不是因爲地下室的關係，不通風總有股霉味就算了，而且明令禁煙，整條走廊卻都是煙味！

他依言站在走廊等待，爲了不妨礙通行的人們，他刻意靠牆，牆上的兜燈罩著如鑽石型的玻璃燈罩，微弱的閃爍引起康晉翊的注意，他正無聊的抬頭看著。

所謂閃爍，只怕是如日光燈一般的一秒閃N下的閃法，可能燈泡開始舊了，所以會有些許的……嗯？康晉翊看著在牆上的光影，怎麼整個牆都開始有光線顫抖的感覺？

回首看向整條走廊，光源似乎同步暗了一度。

怎麼覺得哪裡怪怪的……康晉翊潛意識覺得不對勁，伸手貼著牆面，竟感受到些許震動！

「先生，我們等等幫您送進去好嗎？」剛剛的服務生急忙走了過來，「我去

幫您拿。」

「啊，不是……我要佈置耶！」康晉翊趕緊說明，「還是我跟你去拿，我可以在自助區那邊弄。」

「噢！好，那你等我一下，因爲我們冰箱在一樓廚房。」服務生禮貌的說著，「還是您先到自助吧那邊等我。」

「好……」康晉翊邊說，突然皺眉，「怪了，有地震嗎？」

「嗄？」服務生一怔，轉著眼珠子一起感受，「呃……有嗎？還是因爲我在走動所以沒感覺？」

康晉翊尷尬笑笑，「沒事啦，麻煩你了。」

他跟服務生一起往前走，順道留意服務生的名字免得到時找不到人，樓梯在前方大概十公尺處的左方，幾乎是這整個地下室的唯一出口。

左邊是門口，而右邊則是寬敞的開放空間，擺的是自助食物吧，其實就是一堆炸物跟飲料，雖然有服務人員隨時注意清潔，但地上還是到處都是踩爛的薯條、溢出的魯肉汁或是麻辣鴨血。這L型自助吧的角落有一處空曠，康晉翊在那兒準備著，他負責送驚喜蛋糕，從口袋拿出精心準備的火花蠟燭，等等插好用好再送進去。

無聊拿出手機滑著，也順便確定同學務必把壽星留在包廂裡，不能讓他提前出來……

夾著條的夾子突然往前震動而滑下瓷盤，康晉翊幾乎確定真的有震動反應，就近摸著牆面，這震盪的幅度比剛剛更明顯，但卻不像地震，反而像……有點像有人拿支震動的手機貼在牆壁上傳來的震幅。

才在想著，手機突然就傳來震動，他嚇得差點滑掉手機，來電是童胤恒，「都市傳說社」的社員。

「喂？童子軍！」康晉翊好錯愕，「什麼事這麼急著打電話？」

現在大家真的很少講電話了啊！

『社長，你在KTV對不對？』童胤恒聲音很急，『我不知道該怎麼跟你說，你能不能立刻離開？』

「嗄？」康晉翊可傻了，「你在說什麼啊？」

『就快點離開就對了！不管怎樣先到樓上去！』童胤恒聲音很急，讓康晉翊有幾分驚愕！

「你——為什麼知道我在地下室？」

他剛剛有打卡，但是從包廂裡的照片怎麼能看得出他的樓層？這棟KTV

的範圍是自地下一樓到五樓耶！

『我拜託你快點上樓就是了！』童胤恒心急如焚，『就十分鐘，拜託！』

砰！巨幅的震動陡然傳來後卻驟停，康晉翊同時嚇得縮手，他承認心有不安，這是說不上的感覺，但是童胤恒這通電話加上莫名其妙的震動，簡直是鼓勵他立刻離開！

「好！我就上去……」他轉身往樓梯走，「你們不會在樓上等我吧？」

轉個彎收訊就差了，他喂了半天只有嚓嚓的雜音，穿過綠色的逃生門燈下時，他親耳聽見了某種劈啪聲。

匆匆回眸，看見剛剛放著薯條的加熱檯上，迸出了跟火花蠟燭效果一樣的火光——咦？

他只呆了兩秒，他真的覺得只有兩秒，整個薯條加熱檯就燒起來了！

「呀！」左邊正在舀麻辣鴨血的女生嚇得尖叫，一整碗打翻，麻辣油落在檯子上瞬間燒得更旺！

「怎麼回事!?滅火器！」

他聽見了服務生的聲音，有個人影掠過他面前，看樣子是要去拿滅火器！卡在樓梯上的康晉翊嚇傻了，但是他覺得他應該要去幫忙的，趁著火勢還不……

「同學，你的蛋……」樓上冷不防傳來那位李姓務生的聲音，「這是怎樣？」

「那個——」康晉翊來不及說話，蛋糕便塞進他手裡。

「請先上去！請上去！」那服務生立刻推著他往上走，「快點上去！」

康晉翊被推得踉蹌，差點跟蛋糕一起仆倒在樓梯上，他伸手想抓住那位服務生，回身右手一撈，樓梯上已經不見人了。

別說不見人了，他連樓梯口都看不見了！

「怎麼了!?」樓上衝下了其他服務人員，「同學，請出來！」

「下面薯條檯失火了！快點打電話報警！」康晉翊喊著，同時卻被抓著手往上拖，「為什麼……咳！咳……」

濃煙在幾秒內竄上，康晉翊喊沒兩句就被嗆住。

一個男性服務生強硬拖著他往上走，當他在平台轉彎再往上時，已經完全看不見門口那綠色的逃生標誌了。

「出去出去！」一樓的服務人員驅散著在一樓等待的人們，康晉翊的蛋糕瞬間就被擠掉，連走都不必走，他根本是被人潮推出去！

「哇呀！」莫名的有人總是會尖叫！

為什麼……他沒有聽見火災警報器在響！

在被擠出門時勉強往挑高的大廳看，樓下的灑水器應該會起作用吧？他們全部在推擠中逃到了馬路上，甚至過馬路到了對面，當康晉翊終於得以停下回頭時，看見那ＫＴＶ的門口是重重濃煙瀰漫。

他再怎樣也算冷靜派的，但是……遇到這種狀況他還是覺得手心冒汗、心跳加速，消防車呢？爲什麼到現在還沒到!?

放眼望去兵荒馬亂，周邊都是剛剛在ＫＴＶ裡的學子們，大家一臉驚慌，多數人根本不知道發生什麼事，只知道有濃煙、氣味、整條路上的恐慌，還有終於由遠而近的鳴笛聲。

天幕突然一道閃光，康晉翊緊張的昂首，看著天色轉暗、烏雲密佈，最近的午後總是偶有雷陣雨，但也有鳴雷一小時卻沒下雨的情況。

轟……雷聲隆隆，銀色閃光在深灰厚實的雲層裡不停發光，康晉翊忍不住往前想要看得更仔細一點，爲什麼在將雲層照得通透時，他彷彿在雲裡看見了什麼？

黑色的、相當巨大的——唰！

羊頭骨倏地突破雲層，一艘巨大但騰空的船就這樣從深灰色的雲裡駛出……雲如絲霧般纏繞著船身與船桅，康晉翊瞠目結舌，那不是幻象、不是海市蜃樓、更不是什麼雲形成的形狀！

那是貨眞價實的一艘船啊!!船身似是以骨頭組成，前半突出於雲外，後半隱沒於烏雲中，那在雲裡飛揚的帆帶著襤褸頹廢感。

浮在空中的船隻讓他以爲看花了眼，但它就是穩穩的停在空中，康晉翊緩緩的往下看，船已停在ＫＴＶ的那棟樓的正上方，再無移動。

幽靈船。

歡暢 KTV

第一章 幽靈船現身

『現在記者所在的位子是在歡暢KTV前面，大家依然可以看到大樓外觀已被濃煙燻黑，由於火災的地方主要集中在封閉的地下室，救援十分困難，消防隊的水線亦難以進入，唯一的出入口是逃生梯，但因爲溫度過高根本無法深入火場；截至目前爲止還不知道確切的死亡人數，警消正在積極搶救中。』

『歡暢KTV位於鬧區，是許多學生的娛樂場所，主打限時唱到飽，而且還有自助歡樂吧，便宜優惠深受學生喜愛；今天雖是平日，但由於平日折扣更深，因此據說人數依然眾多，只怕有許多學生都受困於火場。』

『據初步消息指出，地下室的包廂是全滿的，從預約登記簿上來推斷，將近六十人……』

看著SNG連線的報導車群聚在外，康晉翊依然只感到不止的恐懼，他的手在不自覺的情況下發抖，仰頭看向天空，已經不見什麼船隻，他也不知道那船是什麼時候不見的，但是他該知道那艘船是什麼！

身爲「都市傳說社」的社長，他以前是多麼喜歡都市傳說啊！腦海中立即便閃過「幽靈船」的都市傳說。

渾身是汗，他總覺得全身都癢，到處亂抓，看著旁邊灰頭土臉、被濃煙嗆到的人而言，他算是幸運的了，畢竟在火勢延燒前他就及時出來了；正因爲如此，

他覺得有必要留下來找警察說清楚起火原因，說不定只有他看到。

「對不起……」他回到火場附近，找到一個看似在調度的小隊長。

「傷者往前面去，那邊有救護車跟醫療站！」男子匆匆說著，爲他指引一個方向。

「我沒受傷，我是事件發生的目擊者。」康晉翊簡單扼要的說出重點，「我想可以跟誰談談？」

男子果然立刻看向他，驚異的打量，「你目擊……你沒受傷嗎？嗆傷？」

男子緊張的開始檢查，很擔心他是因腎上腺素而忽略了自己受傷的身體。

「我沒事，我想跟負責人說一下失火的起因，在燒起來前我就被推到樓上了。」康晉翊凝重的喃喃，「那火眞的燒得太快了……才幾秒鐘的時間……」

這正常嗎？那濃煙幾乎沒給人猶豫的機會，若不是那個服務生推他上樓，說不定他現在也陷在地下室裡了！

康晉翊望著燻黑的KTV入口出神，無法搶救的地下室，那下面埋了多少具屍骨……甚至還有他的同……

「同學！」又來一個警察，「來來，我們到旁邊來！」

幾個警察把他帶到遠離現場的警車邊，請他敘述一下事發經過，康晉翊便從他在等蛋糕開始，到火花、薯條區、麻辣油乃至於工作檯上的漫延，緊接著就是眨眼間變大的濃煙。

「那時下頭有服務生看見失火就要拿滅火器，然後我的蛋糕送來了，我本來想下去幫忙，但是那個服務生就把我往上推，叫我立刻離開……」康晉翊回憶著一切，只覺得腦子混亂，「我樓梯也還沒走幾步，上頭衝下來的人又抓著我往上走，所有人都很驚恐，到了大廳根本尖叫聲四起，好多人是從樓上衝下來就往門外擠，我回神時已經被擠到馬路對面了。」

康晉翊望著自己的手，他發現連蛋糕是什麼時候不見的都沒有印象。

「所以起火點是自助吧嗎？」警察遞上紙筆，「你能畫一下大概位子嗎？」

康晉翊點頭接過，準確的畫出樓梯、逃生門、面對逃生門的自助L型吧檯，薯條剛好在角落，火花從下方冒出。

「薯條那些都是油，燒起來很快的！你剛又說還灑了麻辣油，這根本是助燃。」警消低聲討論著，「樓下沒滅火器嗎？」

康晉翊發現自己握著的筆在顫抖，實在畫不漂亮，警察見狀趕緊握住他的手，讓他冷靜。

「別怕，你深呼吸……欸！有沒有水，拿一瓶給他！」警局很和善的拍拍

他，「我知道很可怕，但你是唯一看到事發經過的人，你慢慢說。」

咦？康晉翊一怔，「唯一？沒有、沒有其他人也知道嗎？那個麻辣鴨血的女生、還有服務生……遞給我蛋糕的叫李彥海，他……」

警消們彼此互看，略交換眼神，「我們現在還沒聽到消息，因爲眞的很混亂，誰跑出來了、誰沒跑出來我們也還不知道。」

「目前唯一的服務生都是一樓以上的，地下室的服務人員……還沒看到。」

還沒……康晉翊驀地腳軟，警察趕緊攙住他，「同學！」

「我……我同學……」康晉翊這才想起，他今天來做什麼的，「我們今天來慶生的！我們班十幾個人都在包廂裡，他們在等我拿蛋糕回去，給壽星驚喜……」

如果連服務人員都沒有出來的話，同學的包廂在中後段，起火點在唯一的出入口，那個有著綠色小綠人的逃生標誌……天哪！康晉翊突然倒抽一口氣，開始呼吸急促。

大家都還在下面嗎!?他聽得出情況有多糟，只有一個出口，悶燒的環境，連窗戶都沒有，能灌水進去的地方少之又少，拉水線往地下室又因爲火勢而不可能——連那個拿蛋糕給他的服務人員都沒有出來，他離出口最近啊！

「同學！冷靜！你看著我！看著我！」警察緊張喊著，目的要讓康晉翊對焦。

不不不！爲什麼會發生這種事！？他們是開開心心來慶生的啊！他們合買了林賢州最愛的星戰樂高，阿強應該已經在裡面架好隱藏攝影機要偷拍他的反應了，他買的火花蠟燭搭配林賢州最愛吃的巧克力冰淇淋蛋糕——

「啊啊啊——」康晉翊痛哭失聲，「我同學！我同學——」

他嚎啕大哭，難以呼吸，警消立即攙起他，直接就往救護站衝。

爲什麼會發生這種事！？大家只是去唱歌而已啊！空中那艘船眞的是幽靈船嗎？爲什麼會在此時此刻出現，要收多少條命啊！？爲什麼選中他們！？

他掩面痛哭，若不是他負責蛋糕、說不定他也——不！

他躺在擔架上，看著陰暗的天際……若不是童胤恒打給他，叫他無論如何要上來一趟……事發時他人也是站在自助吧旁，要是他先拿到滅火器、或是試圖滅火——火災就不會發生了？

氧氣罩罩上他的臉，他抽著氣，好讓氧氣能順利的送進肺部。

爲什麼？童胤恒那時打給他是什麼意思？爲什麼他好像知道會發生什麼事，才急著叫他離開地下室？

對！童胤恒！他們剛剛在講電話對吧？他試著拿出手機，他剛剛跟童子軍話

說到一半就陷入逃難的混亂中，一直到現在腦子都無法運作，只能痴痴的望著衝破雲層的那艘船。

「社、長。」

才在搜尋號碼，救護車門口就出現了很不爽的聲音。

康晉翊撐起頸子，在救護車門邊瞧見了童胤恒以及汪聿芃。

「喂，終於找到了！」汪聿芃二話不說立刻跳上救護車，「完全沒聯絡耶，你是怎樣？被嗆傷嗎？」

「可以這樣上去嗎？」童胤恒有點錯愕，左顧右盼，醫護人員正在外面處理另一個擔架上的病患，他也跟著上來。

看到朋友來，康晉翊心寬了些，他安心的躺回，呼吸頓時順暢許多。

「我同學……」他心酸的說著，「他們都還在包廂裡……」

「我們立刻趕過來的，但是這邊超亂的，要找人很難！」汪聿芃略歪了嘴，「通話中斷就算了，你又一直沒接手機！」

啊……康晉翊看了眼手機，他原本就調震動，剛剛身處兵荒馬亂，他根本無心注意。

「喂！你們是誰？在這裡幹嘛？」醫護人員一轉身看見救護車廂裡的閒雜人等。

「對不起！這我們同學！」童胤恒趕緊先道歉，「我們好不容易才找到他，太興奮了所以……」

康晉翊也趕緊坐起來，摘下氧氣罩，「我沒事了，我剛剛只是一時喘不過氣而已。」

醫護人員即刻要上來，童胤恒識相下車，就汪聿芃還在那兒托著腮好奇張望，他連忙叫她離開；醫護人員還是要確定康晉翊的狀況，才能眞的放他走。

兩個下車的人看著遠方的混亂，警消們努力的希望能從一樓找到突破口，將水線拉進地下室。

「我覺得都死了耶。」汪聿芃口無遮攔的直接說，「沒有出口的悶燒鍋，誰會活著！」

「我覺得妳可以小聲一點。」童胤恒忍不住翻了個白眼，「這裡這麼多人，妳講這種話會被人視爲冷血的。」

「那是實話。」汪聿芃不明白，她眞的不認爲那種環境能活下來，「除非有另一個出口，但就算眞的有，也該有人出來了啊！」

「妳小點聲就是了，我跟簡子芸說找到社長了喔！」發送LINE出去，童胤恒不安的看著仍在冒煙的大樓，忍不住打了個寒顫。

他眞的非常非常不舒服，說不上來的發冷。

「好了，我沒事了！」康晉翊下了救護車，「我去留個電話給警察，我們就走吧！」

「帶你去吃豬腳麵線！」汪聿芃口吻飛揚，像是要去郊遊似的。

康晉翊回首一抹苦笑，反正她本來就跟地球不對頻。

「妳喔，社長心繫同學，人都還在裡面，他哪有心情慶祝！」童胤恒語重心長，「妳能不能稍微思考一下？」

「又不是慶祝，是去霉運啊！大難不死耶！」汪聿芃可不這麼認爲，「而且他現在一定很虛，吃點東西對他也好啦！」

「妳不要一副快樂的樣子就好。」童胤恒也只是說說，因爲這件事跟汪聿芃無關，她並不會感受到悲傷。

康晉翊再次找到剛剛的警察，留下了自己的聯絡方式，如果有什麼事的話，都可以找他。

「走，我們去吃點東西。」童胤恒拍拍他。

「我吃不下……」康晉翊搖搖頭，「你們知道我看到什麼了嗎？」

「嗯？」

「我看到幽靈船了。」康晉翊這句說得非常非常小聲，幾乎是湊近他們說的。

「幽……幽靈船？」童胤恒一時反應不及，「你說船嗎？」

汪聿芃立刻抬頭，看著深藍的夜幕，還在原地轉了一圈，「哪裡？在哪？」

「已經走了，我不知道它什麼時候開走的！」康晉翊謹慎的望著他們倆，「你們都知道幽靈船的事吧？」

「我知道。」汪聿芃答得乾脆，從她會往天空看，康晉翊就已知一二。

童胤恒倒是蹙眉，老實說，他不是很熟，「我有聽過，我不知道眞正的意義是——」

「那是一個都市傳說，以前……」汪聿芃才要繼續講連忙被康晉翊阻止。

在現在這個場合提這個都市傳說，是在找自己麻煩吧！

「看場合說話啦！」康晉翊連忙拉走她，「我們先離開這裡吧！」

這下反而讓童胤恒好奇極了，他很想知道幽靈船這個都市傳說，好不容易終於搭到輕軌後，便急忙的想得知答案。

只不過，康晉翊有更想知道的答案。

「你爲什麼會打給我，要我離開地下室？」座位上，康晉翊相當沉重，「而且你知道我在地下室。」

這個問題讓童胤恒臉色變得有點難看，他幾度欲言又止，望著康晉翊卻似乎不好回答。

「他突然說會出事，就急著打給你了！」汪聿芃直接幫忙回答，「我們剛好在吃冰。」

「你……們……」康晉翊若有所指的看向他們兩個，不同系又不住在一起的人，怎麼會「約」出來吃冰咧？

「就H站有一家冰店很有名，我們之前看到有人打卡後就很想去，當時約好有空就一起去！」汪聿芃自然的讓康晉翊立即解除疑慮，「還有謝他上次救我一命。」

「就一碗冰答謝。」童胤恒沒好氣的挑眉，「妳的命就値一碗冰喔？」

「哎唷！」汪聿芃噘起嘴，「我到現在還是覺得我接得住……如果你不攔我的話，說不定誰都不會死！」

「下次找人算一下公式給妳看好了，傻子，不死也是半條命！」童胤恒一點都不後悔在千鈞一髮之際阻止汪聿芃搶救一個從高樓墜下的女孩。

重量加上重力加速度，說不定兩個人都活不成。

「好啦！等等再跟我分享冰的事。」康晉翊沒那麼容易被拉走，「你先回答我吧！童子軍！」

嘖！沒閃過！童胤恒輕嘖一聲，依然爲難。

「我說的你可能會覺得很匪夷所思，但是……是眞的。」他頓了頓，「而且我希望跟你說了之後，你不會聲張。」

「我們都遇過兩個都市傳說了，你覺得還有什麼事會讓我覺得匪夷所思呢？」康晉翊不解，童胤恒怎麼這麼嚴肅。

「好，我聽見了聲音。」童胤恒也算坦白，「我正在吃冰，卻感覺到熱度，還有許多人的慘叫聲……然後有奇怪的畫面一秒閃過，我看見你在地下室裡的包廂跟同學們在一起，接著有聲音在我耳邊交談……」

『開工囉！各位！』

『第一批就這裡了，目標地下室全體！』

『預備作業！』

康晉翊不可思議的看著童胤恒，他以爲自己聽錯了什麼，「地下室全體？」

童胤恒緊繃的身子點點頭，「我聽見聲音，但立即嚇得滑掉湯匙，你問汪聿芃就知道，我那時疑神疑鬼的四處張望，我後面是牆壁啊！」

「對，他本來發呆，然後還問我剛剛有人在他身後嗎？」汪聿芃皺起眉，

「突然問那問題超怪，我又不是陰陽眼什麼的……然後我在滑手機，就看到你跟朋友在KTV唱歌啊，他就超緊張的說要出事了，立刻打給你！」

康晉翊略嚥了口口水，「這就是我接到你電話的主因嗎？」

童胤恒點點頭，「我知道很難想像，但我眞的聽見了，我偶爾……很偶爾會有這種感覺……只是都沒這麼明確。」

「我那時正在等蛋糕，你叫我無論如何一定要上樓，十分鐘就好是爲什麼？」康晉翊疑惑的問著，「難道你還聽見時間？」

「不，他們有倒數，我聽見有個人在倒數三十秒！」童胤恒自己都覺得荒唐，兩手一攤，「很扯，但那聲音就像在我耳邊，我就只想讓你離開十分鐘，就賭他一賭……」

然後，康晉翊沒再跟他對話，他聽見的是恐慌與尖叫聲自手機那頭傳來。有許多人驚叫，有人催促著康晉翊往樓上走，接著就是更可怕的嘈雜，他也一直緊張的喊康晉翊的名字，但他明顯的沒有把手機擺在耳朵旁。

接下來，網路上就出現了KTV失火的訊息，外頭的人還開直播，他心頭一涼，萬萬沒想到他眞的聽到了「什麼」！

「三十秒嗎？」康晉翊忍不住去回想講電話上樓的情景，從看到火花直到他上樓，好像就眞的差不多三十秒。

「我只是希望你暫時不要待在地下室而已，我也不確定我聽見的是什麼，如果我知道——」童胤恒認眞的凝視著康晉翊，「我會去警告整個KTV，而不是只打給你，我應該還有時間……」

康晉翊連忙按住他肩頭，「不是你的錯，我沒怪你，沒人能怪你……但這種事我不能跟警消說。」

「他會被獵巫的。」汪聿芃不經意的說著實話，「大家會說你爲什麼不警告大家，都是你害的。」

「別說了，我頭都痛了！」童胤恒無奈的嘆口氣，「我記得上次這種狀況時……也發生了很不好的事。」

「之前發生過啊？」康晉翊卻該感謝那電話救了他。

「嗯，高中的時候……啊！」他指向汪聿芃，「就跟她認識的那個案子，血腥瑪麗事件，有具屍體是我發現的！」

「咦咦？你沒提過你聽到什麼啊！」汪聿芃倒是莫名興奮，雙眼熠熠有光。

「我有腦子好嗎！」童胤恒皺眉搖頭，「我發現已經夠嚇了，我還說我聽見什麼！」

「那你聽見什麼?」康晉翊忍不住好奇的問。

童胤恒坐在中間,左右兩邊同學莫不期待的看著他。

「『我在這裡。』」他極其不太願意去想起,「我本來是去把垃圾丟好,但是一直有聲音告訴我她在那裡,我就多看了一眼——」

就發現了一具淒慘的屍體。

「好妙喔,是鬼嗎?」康晉翊邊喃喃自語邊搖頭,「不管怎樣,都是你救了我!」

「我只是……」童胤恒其實心裡不好受,不是因爲救了康晉翊,而是想起還在地下室的幾十個人,「如果能救更多人的話……」

「很難吧,那是幽靈船耶!」汪聿芃乾脆的撂下話,一點都沒在意降低音量,「傳說中幽靈船只要出現,就要收集一百條人命才會離去呢!」

咦?

整個輕軌車廂裡都靜了下來,聽著那女學生說出口的駭人言論。

「到站了!」謝天謝地學校的站到了,康晉翊立刻起身,童胤恒也毫不猶豫的拉汪聿芃站起,他們簡直是逃出車廂的!

唯童胤恒腦子還一片混亂——一百條人命?

第二章
二十五年前的起源

『發生在昨天下午的歡暢KTV大火，已經確定不幸罹難人數達五十七人，絕大部分都是學生，而服務人員也確定全數死亡。這起不幸的意外發生在昨天下午的四點五十分，起火點來自於保溫餐檯，因爲自助吧多爲油炸類食物、魯肉飯及麻辣鴨血等易燃食物，因此延燒得相當快速。』

『除了火勢延燒迅速外，封閉的地下室更是難搶救，起火點就在唯一的出口旁，據多位目擊者指出，一開始就看見地下室冒出大量濃煙，導致逃生的出路被阻，更遑論包廂裡正在唱歌的民眾了！』記者背後是那焦黑的廢墟，『再加上建材易燃，更沒有任何氣窗可以灌水搶救，才會導致這麼嚴重的悲劇。』

學校的舊社團區，鐵皮屋內的角落小隔間中，沙發上坐了一排學生，個個臉色凝重的看著近二十四小時不停播放的新聞快報；罹難者人數節節上升，失蹤人數漸漸下降，但失蹤的數字最終都加到了罹難者的數字上頭。

當時在地下室裡歡唱的人們，幾乎無一倖免，自然也包括了康晉翊的同班同學們。

他幾乎成了唯一生還者，這幾天每上一堂課都被大家包圍著問，他當然只能解釋他出來準備蛋糕，然後爲了拿蛋糕往樓上走，誰知道剛好濃煙竄起，他就被服務人員趕上樓，一路被擠出KTV外時，已經再也回不去。

其實同學中難免有不一樣的聲音傳出，例如他爲什麼沒通知同學逃生？爲什麼不回包廂去救同學？爲什麼會選擇自己獨活？

幸好康晉翊算是堅強性格的人，凡當面提出質疑的，他便直接敘說過程，那是個他回不了頭的情況，因爲他根本沒料到會這麼嚴重，直到他被推上樓前，都以爲早先去拿滅火器的服務生已將火撲滅。

這也是他不懂的地方，剛開始時眞的有人去拿滅火器了不是嗎？爲什麼火勢依然一發不可收拾？

如果這是幽靈船的關係……那或許就不意外了。

「好了，別看了！」副社長簡子芸從社團辦公室裡邊的辦公區走出來，「越看不是越難過嗎！」

童胤恒趕緊拿起遙控器把新聞關掉，偷偷瞥了康晉翊一眼。

他臉色的確很難看，蒼白憔悴，看起來這兩天也沒睡好。

「謝謝你沒把我的事說出去。」童胤恒由衷感激。

「我也不算沒說，我有提到地下室收訊不好，所以我才往上走。」康晉翊嘆口氣，「我當時若知道會是這樣的結果，我怎麼會不回去叫人！」

「回去你就燒死了！」汪聿芃嘟起嘴，「童胤恒就是爲了不讓你燒死才打電話給你的啊！」

噓——其他社員紛紛對著她比噓，她眞的非常不會看場面啊！

「我們社團的ＦＢ超熱鬧的你們知道嗎？幽靈船的事情我們都還沒提，網路傳言已經甚囂塵上了。」簡子芸拿著手機，起初幾則她還有回應，後來發現根本會回到手軟。

這時，康晉翊跟童胤恒不約而同指向汪聿芃，一定是她那天在輕軌車上講話太大聲了，被人聽到後做了文章。

「拜託，我同學也一直問我是不是都市傳說！」小蛙亦顯無奈，「現在整個網路都在盛傳這次的火燒ＫＴＶ是幽靈船事件再現，得集滿一百人才會離開！」

「眞可怕，一口氣燒死五十七人，這樣就表示……」蔡志友倒是有點毛，「還需要四十三條人命耶！」

唉，康晉翊想起來也不舒服，拿起手機瀏覽社團的ＦＢ頁面，果然是一堆人詢問是否爲幽靈船再現？「都市傳說社」有沒有解決之道？如果這個都市傳說再起，那就表示是一百條人命的事件啊！

「這個都市傳說上次出現時，眞的有死一百人嗎？」童胤恒倒是很疑惑，「我找了很多資料，聽說全國跑遍似乎也沒有超過一百！」

「資料不齊，只知道第一起也是幾十條人命的事，但是幽靈船沒有時限，唯一的線索就是一旦出現，就要收集一百條人命；但當時過了一年也沒有非常大的公安意外……」

「說不定只是我們不知道呢？並沒有說幽靈船一定要是公共意外啊！」童胤恒思考著，「說不定是零星車禍？或是一些人數較少的死傷事件？」

「所以這就是資料不齊的原因。」簡了芸也很無奈，「小蛙，可以關一下門嗎？」

小蛙一怔，但明白副社有話要說，趕緊起身把門關上，沒忘記把門外的牌子翻成「會議中，勿擾」。

童胤恒看著大門關上，大概就知道事情與他有關了。

「你明白這件事我們社內人必須知道。」康晉翊立刻搭上他的肩，「我那天有跟你提過……」

「我知道。」童胤恒重重嘆了口氣，「但是我到現在都不知道我聽到的是什麼……汪聿芃也在場，她沒聽見。」

汪聿芃立刻搖頭，「我什麼都沒聽見，冰店很吵的，只是他突然發呆，臉色變得很難看。」

「妳天線又跟我們不合，波長不對很難聽得見吧！」小蛙還有心開玩笑，「不過我沒想到童子軍居然跟那、個對頻喔！」

「喂！」童胤恒沒好氣的白了他一眼，「我沒很想對頻好嗎！」

康晉翊起了身，逕往一旁的辦公桌走去，簡子芸則一臉欲言又止的模樣，汪聿芃瞧著他們詭異的氣氛與眼神，突然哦了一聲。

「原來……」她輕哂，「我們要去上次發生都市傳說的地方嗎？」

簡子芸一怔，瞪圓眼睛看著她。

「什麼!?」蔡志友一聽就打顫，「去哪？」

「社長他們應該是想故地重遊吧！看看童胤恒能不能感應到什麼！」汪聿芃回頭望著童胤恒，「一百條人命，我們如果能阻止的話，至少還能救下剩下的四十三條！」

童胤恒臉色有點鐵青，走回位子印出地圖的康晉翊心情其實雀躍得很，他抓抓發癢的胸口，都能感受到心跳的加速。

「幽靈船耶！竟是發生在我們周遭的事！」康晉翊難掩興奮的走出辦公桌，「你們難道都不想去看看嗎？我親眼看到那艘船了，我簡直……簡直是熱血沸騰！」

「我懂！」小蛙也立即應和，「幽靈船一直都是都市傳說，沒想到真的有船，而且還是停在半空中！」

「我超羨慕你看見它了！為什麼沒拍下來呢？」連簡子芸也眼露憧憬之狀，「明明有手機的啊！」

「社長那時都懵了吧，他連跟童子軍在講話都忘了！」汪聿芃愉快的跳起來，「什麼時候走？現在嗎？」

「等等等等！」蔡志友連忙出聲，「你們要去……之前發生過事情的地方？我記得幽靈船事件有二十幾年了吧？」

「對啊，二十五年了，說不定年份也是一種線索！」康晉翊仰頭看著天花板，「事隔二十五年再次出現，是為了什麼？真要收集一百條人命嗎？有什麼前兆？我們可以阻止它！」

天哪！光用想的他就覺得興奮莫名，他差點都忘了當初為什麼加入「都市傳說社」的初衷了。

是因為他喜歡都市傳說啊！經過花子跟廣告事件後，他越來越相信初代社長留下的紀念物都是有原因的！

例如，「都市傳說社」的招牌是以「第十三個書架」的殘骸刻寫而成的，社辦裡的假人模特兒過去其實曾是個人，光這些種種，就足以吸引更多的都市傳說——說不定這是爲什麼他看得見幽靈船的主因！

當時他看到時曾拉了別人問，卻沒其他人看見呢！

「我覺得你興奮得讓我覺得發毛！」童胤恒搖了搖頭，「我老實說，我一點都不想聽到那個聲音，那天聽到之後，我至今依然疑心——別那樣看我，我沒說我不去啊！」

開什麼玩笑，都市傳說耶！幽靈船耶！他心裡再怕，他也想親眼看看那艘船長什麼樣子啊！

「喔YES！」小蛙立刻起身，「所以是現在去嗎？等等，上次發生在哪裡？」

「很遠耶！最少要三個小時！」蔡志友居然更清楚，「你們現在去到那邊都晚上了！明天還有課是要拼來回喔！要去也要挑假日吧！」

康晉翊擊掌，「就後天啊，週五我們就下去，大家住膠囊旅館那種，直接包一間！」

「好，我還有時間去求個平安符什麼的！」童胤恒很認眞的調出行事曆。

所有人在兩分鐘內就決定了一起前往當年事發的G市，然後開始討論交通問題，還有該怎麼抵達當年失火之處。

「還是……我們開車去呢？」蔡志友突然弱弱的說，「那個我買車了，說不定……」

全社都雙眼閃閃發光的看向他，有車當然萬歲啊！

「我有駕照！」童胤恒立刻出聲，「我可以跟你輪流開！」

「我也有駕照！」意外的簡子芸居然也出聲，「我也能幫忙！」

「怎麼大家都有汽車駕照啊？」汪聿芃有訝異，大家才大二不是嗎？

「問題是坐得下嗎？」小蛙計算著人數，「加司機六個人耶！」

現場陷入一陣沉默，大家只顧著聽見有車就開心了。

「有一部分的人到當地租車好了！」簡子芸已經很快的想到備案，「車站附近就有，看到時要租機車或是汽車都可以，蔡志友開車的話，車上至少要有一位也會開車，然後大家平均分攤油錢！」

沒什麼人計較，大家欣然同意，規劃就由簡子芸負責，她向來是「都市傳說社」最能幹的人，什麼事都能條理有序。

而現在大家心心念念只在於要怎麼樣才能看到幽靈船！根本無心管其他。

「你說我們能上船嗎？」汪聿芃驀地迸出這麼一句，嚇得所有人倒抽一口氣。

「喂，上船就表示……」童胤恒皺起眉，掛了啊！

「但是我坐過如月車站的列車啊！」汪聿芃倒是不驚奇，「我還是好好的在這裡了不是嗎！」

「呃，我覺得車跟船不太一樣，而且那艘船眞的很高，在半空中耶！」康晉翊搖搖頭，實在沒有時空交錯的可能，「再說，如月車站並不是以吸取人命爲主要目的吧！」

汪聿芃似懂非懂的點點頭，「我只是在想，不知道它會在哪裡出現、又會發生什麼意外、我們該怎麼阻止？」

「我……覺得會有前兆。」康晉翊不知怎地，口吻異常堅定，「不只是因爲童子軍聽見了什麼，那天我其實也有感覺到。」

吱？童胤恒訝異的看向他，康晉翊從未提過這件事！

簡子芸也擰眉，如果眞有前兆，那天他是不是眞的可以……

「但我後來才知道那是前兆！」康晉翊不忘補充說明，「燈光因震動而閃爍，而且所有牆都在細微顫動，我後來想……該不是因爲船要停靠的關係吧？」

「在我打給你之前嗎？」童胤恒認眞看待。

康晉翊給予肯定的頷首，的確在童胤恒打電話給他之前，就已經有細微的異狀了。

「哇……這可眞不賴耶，如果眞抓到出事前的徵兆，說不定可以阻止意外死亡發生！」小蛙忍不住讚嘆！「想到可以阻止都市傳說，就覺得超爽的！」

童胤恒倒是沒這麼樂觀，因爲幽靈船的都市傳說，重點在於「收取一百人的性命啊」！

若是他們阻止了A意外，幽靈船執著要取命的話，是否會發生B事件？

「不過這感覺有點在……破壞既定發生事情的感覺！」蔡志友果然提出了異議，「如果那些人註定死的話，我們這樣破壞……會不會造成本不該死亡的人死亡，或是——跟絕命終結站的電影一樣，那些人只是暫時活下，最後還是會出事？」

眞不愧曾是科學驗證社的人，蔡志友的想法就不會一股腦兒地只喊都市傳說萬歲。

「眞的這樣想的話，那社長不就倒楣了！」汪聿芃話鋒一轉，竟直指康晉翊。

「我？」康晉翊一愣，「我又怎麼了？」

「童胤恒阻止你的死亡啊！」她聳了聳肩，「按蔡志友的理論，如果你本來是那艘船的乘客那該怎麼辦？」

喝！康晉翊腦袋一片空白，震驚不已，蒼白的臉看向一樣驚愕的童胤恒。

對啊，萬一船票是固定的呢？他本該上那艘船，卻被童胤恒阻止，那也只是延緩上船的時間而已？

「停——」簡子芸立刻揚聲，「不要猜那些有的沒的，幽靈船的都市傳說沒有這條，什麼註定不註定的！」她倏地轉向康晉翊，「大難不死，必有後福，別忘了在童子軍打給你之前，你早出了包廂！命定你不該絕！」

啊啊……對啊，他是爲了蛋糕出來，的確早就在逃生口附近。

他也只能這麼想，否則想一百個「萬一」，只是跟自己過不去而已！

「好，那就訂週五出發囉！」汪聿芃語帶輕鬆的起身，臉上堆了滿滿的笑，「幽靈船耶！」

「嘿！」汪聿芃果然用力的點頭，「如果這次是幽靈船的話，那我就集滿五個了耶！」

「妳是又在想妳的集點卡嗎？」不必猜童胤恒都知道。

小蛙搖頭的拎起背包，「汪聿芃，這是人命關天的事耶！」

「又不是我殺的！」她無辜的圓睜雙眼。

「別跟她抬槓啦！」蔡志友哈哈笑著，「聊不過五句的！」

康晉翊才要回身，突然想到什麼的趕緊轉向門口朝著要離開的大夥大喊，

「等一下！大家出去千萬不要再提幽靈船的事喔！」

「咦？」一掛人難掩失望。

「別提，FB誰都別更新！現在誰講幽靈船，就是把靶子往身上掛！」康晉翊難得嚴厲，「這樣也會妨礙我們去找幽靈船的！」

「哦——」前面那個理由根本沒人管，大家只聽得懂後面的。

人人豎起大拇指，童胤恒眉頭深鎖的覺得人爲什麼這麼犯賤？他其實感覺到這一切不太妙，尤其能聽見那莫名的聲音更讓他不愉快，但是、但是他卻一樣很想去一睹幽靈船的廬山眞面目！

大家到底什麼時候入的夏天教啊？

汪聿芃扭著頸子，呆望著依然有點陰霾的天空。

童胤恒正在辦租車手續，走出來看見外面的同學抬著頭，只能搖搖頭。

「看夠了沒，妳脖子不會扭到喔？」實在好笑，這個人看了一整路的天空。

「很想看看長怎樣啊！」汪聿芃拉著背包帶子，「聽社長形容得很驚悚啊！船身本身就是——」

「背包放上來！」童胤恒打斷她的話語，沒見到旁邊有人在嗎！幽靈船的事件已經鬧得人心惶惶，這傢伙倒不必再引人注意。

「那就這樣囉，二十四小時。」店家手指劃著圈，「要不要試騎一下？」

「好！」童胤恒指向人行道，「妳站上去，不要站在馬路邊，我騎一圈就回來。」

汪聿芃聽話照做，一踩上人行道，頸子一抬又往空中看……幽靈船啊，聽康晉翊說那羊首骨穿破雲層天際的英姿，眞想一睹其風采——究竟都市傳說的幽靈船長得怎樣呢？船身彷彿以骨頭組成，隨風飄揚的船帆更是帶著破損感，完全頹廢風啊！

結果只有他們兩個坐火車過來，其他人則坐蔡志友的車子，童胤恒本來就是善解人意的童子軍，加上他身材頎長，總覺得擠汽車坐得不舒服，還不如坐火車再轉租機車來得順暢。

汪聿芃完全一副跟著他的模樣，而且他也的確比較能理解她的邏輯！汪聿芃其實細膩，思考方式是跳躍了點，但個性隨和，很好相處。

而且，他們都與都市傳說有共同連結，自高中時就如此了。

跨坐上機車，汪聿芃依然往天空望著。

「別看了，報路！」童胤恒趕緊拉回她的注意力，「我們現在要去當年都市傳說的舊址起源，妳別一直看天空了。」

「你不想看見嗎？」她沒好氣的拿出手機。

「說眞的，很矛盾，我心底當然想看見幽靈船的模樣，但是——」他沉吟數秒，「可看見它，是不是代表著又要出事了！」

汪聿芃略挑了挑眉，「說得也是，一百條人命很多耶！」

「光是KTV那五十七個人我就覺得很可怕了。」童胤恒總會不自覺想到那密閉的地下室，逃脫無門的痛苦。

新聞報導，屍體大部分集中在走廊，而且多堆疊一起，表示大家都已發現火災，倉皇逃出時在濃煙中碰撞、推擠，疊在一起而被嗆昏，再被火燒死嗎？

那該是怎樣的絕望恐懼啊？

「你說，你還會再聽見那個聲音嗎？」汪聿芃好奇的問。

「不是很想。」這是認眞的。

「聽得見都市傳說的聲音也是很屌啊！你就因此救了康晉翊呢！」汪聿芃默默看著手機的導航，「雖然我覺得……」

「什麼？」風聲太大，她聲音太小，童胤恒是眞的聽不清楚。

汪聿芃努了努嘴，搖搖頭，「沒事！」

還不能確定前她還是不要說好了，她總有個詭異的想法，雖然她每次想的都跟別人不一樣，但是……準確率倒也不低。

再觀察吧！她暗忖著，等時機成熟了或許可以先跟童胤恒說，她覺得聽到都市傳說的聲音真的沒什麼的。

因爲她……

『一百公尺後請左轉。』導航出現的聲音打斷了她的思考。

「前面那條左轉左轉！」她趕緊報路，「然候再往前騎就可以看到了！現在是間汽車百貨！」

果然，還沒轉彎就看見了汽車百貨的招牌，只是童胤恒一見不禁皺眉，雖說天色不佳，看起來隨時會下雨，但汽車百貨的上方氛圍就是不一樣啊！

「喂，妳覺得那邊天空是不是特別黑啊？」童胤恒待轉時忍不住問。

「有嗎？」汪聿芃認眞的看著，「我有帶雨衣。」

唉，唉，他知道她有帶雨衣，他也有啊！重點是這個嗎？

重點是汽車百貨上方爲什麼有著更深黑的雲層咧……還是煙霧，反正讓他渾身不舒服！

機車才轉彎，就看見停在停車場裡的熟悉車子，康晉翊他們自然比較快到，人都在車外等待他們。

「怎麼不待在車裡吹冷氣？」童胤恒停下機車，覺得有趣，「快下雨了，外面很悶耶！」

「覺得待在車裡更熱！」簡子芸小聲嘀咕，「蔡志友的車冷氣超弱！」

哦……童胤恒瞭然於胸，有種選對邊的感覺，「汪聿芃妳下車，我去停車。」

汪聿芃依言跳下車子，取回背包後遞回安全帽，機車停車格在後邊底部，雖說外頭沒停多少車，但童胤恒向來照規矩。

「我們就這樣進去逛大街嗎？」小蛙一臉既期待又怕受傷害。

「又沒關係，眞的不好意思買個東西就好了。」康晉翊倒是自然，「蔡志友你冷氣修一下啦！」

「我會修就好了！」蔡志友沒好氣的翻了個白眼，「我車才買不久啊，爲什麼不涼我也不知道！」

「好了！走囉！」簡子芸迫不及待往前奔去，等著自動門打開。

二十五年前，這裡曾是一間餐廳，也因爲一場意外與安全門逃生問題，導致數十人被活活燒死，幽靈船的都市傳說便是從那時開始，有人看見上空有艘幽靈船，接著說要收集一百條人命的傳聞也跟著散播。

該時人心惶惶，而偏偏接二連三都發生相關火災等重大公安意外，動輒都是兩位數的死亡人數，幾乎坐實了幽靈船的說法。

而且全國都有人目睹過幽靈船，而各地都有災難發生，只是最後是否達到一百條人命，卻沒有一個正確的統計數字。

正如童胤恒所說，又不是每件事情都有登記，也沒規定只有火災而已啊。

「歡迎光臨！需要什麼可以問喔！」

一進汽車百貨，櫃檯人員制式的說著，多看了一眼走進的學生們，雖然狐疑但也不在意，進來則是客。

「有夠大的！」蔡志友看著佔地甚寬的汽車百貨有點傻眼，「分開看看嗎？」

「嗯，分開逛吧……看看有什麼特殊的。」康晉翊說這句話時，是回頭瞄向童胤恒的。

「別看我了，眞的有什麼大家都感覺得到。」童胤恒無奈極了，「不過都裝修了，我覺得要找到什麼線索有點難。」

「我們要看的是共鳴吧！」汪聿芃直接往前走去，「幽靈船又出現了，說不

定這裡會出現什麼共鳴呢！」

看著她直接挑了條走道走去，剩下的人不由得面面相覷，不得不說汪聿芃說得還眞好——幽靈船再現，當初曾被它收命的地方說不定眞有什麼共同現象呢！

康晉翊直覺想到那歡暢ＫＴＶ裡的震動，這裡也會有一樣的狀況嗎？

「汪聿芃，等我！」童胤恒喊住汪聿芃，決定兩兩一組。

簡子芸有默契的和康晉翊一起，小蛙跟蔡志友沒有很對盤，因爲對小蛙來說，蔡志友曾是科學驗證社來找麻煩的傢伙，雖然現在同社，但個性實在不合，直接就一前一後分開走。

汽車百貨早已重新裝修粉刷，也不是用原來的屋子重建，所以要找過去的痕跡是不可能的了，唯一存在的只有腳踩的這塊地而已。

汪聿芃手指在架上的物品上輕撫著，「康晉翊說會有震動嗎？」

「如果那是停船時的反應，那可能得出現在上方才會有！」童胤恒只能做個大概猜測。

「我總覺得幽靈船又出現，這裡應該能有些什……」汪聿芃突然頓住，倏地往左邊看去。

嗯？注意到她的奇怪動作，童胤恒跟著往後探身，看向左邊那又直又寬的走道上，空無一人啊！

「怎麼？」

「我好像看到有人跑過去。」她有點疑惑，「跑得很快，會是蔡志友他們嗎？」

「無緣無故爲什麼要跑？」童胤恒倒是挑了挑眉，「我去看看。」

他不喜歡疑神疑鬼的猜，直接越過汪聿芃往走道前去，到了大路口時，前後左右就只有他一個人。

『救……救命啊！』

一抹淒厲的尖叫驀地從右方傳來，童胤恒嚇得往兩點鐘方向看去，那尖叫聲太清晰，清晰到他無法認爲是錯覺！

「有人在喊救命妳有聽見嗎？」童胤恒朝右後回頭，看著緩步走來的汪聿芃。

她蹙眉搖頭，「哪邊？」

童胤恒指向了兩點鐘方向，有段距離的遙遠貨架。

汪聿芃沒有猶豫，上前直接向右轉，「那去看看啊，站著幹嘛！」

萬一眞的有人需要救助怎麼辦？汪聿芃不假思索的直接往前疾步而去，童胤

恒緊張的上前拉住她，叫她不要急，因爲他怕聽見的又不是人的聲音！

在他們剛離開的隔壁排，簡子芸脫下了外套。

「好熱喔！」她擦著汗，「爲什麼空調不開強一點？」

「整間店沒幾個客人，空調開太強耗電吧。」康晉翊也嫌熱得抹汗，抓著胸口，「童子軍他們好像在附近。」

「來這裡我是很興奮，但眞的過來了我卻不太知道要找什麼！」簡子芸有些挫敗，「我沒想到是整間重蓋。」

「當初都燒光了，當然是……」

鏗鏘！

餘音未落，在康晉翊背後有東西掉下來了。

他瞪圓眼看著簡子芸，她倒是往旁一瞥，「你剛碰到了喔？」

「我……」康晉翊緩緩轉身，在他背後一公尺處落了個五金扳手。

簡子芸掠過他身邊上前，貨架上扳手堆成一疊如山，難免滑落，這不意外；只是她彎身才要拾起，卻一秒鬆手！

「啊！」她嚇得鬆開，扳手又落在地上，發出清脆的聲響，「好燙！」

燙？康晉翊連忙衝上前，簡子芸顫抖的看著自己發紅的右手掌，眞的超燙的！

金屬落地聲在汽車百貨裡相當明顯，隔三條走道的小蛙跟蔡志友也都聽見了，他們互看一眼覺得奇怪，想循著聲音過去找人。

鏘——鏘——

敲擊音旋即傳來，在他們背後的貨架區。

「咦？」小蛙回身，「隔壁條。」

「好像更遠，兩條有吧！」蔡志友走到路口，「再過去就是邊牆了，靠牆那邊。」

「現在買東西可以這樣試敲的喔？好囂張！」小蛙聽著那聲音之猛力，都快把東西敲壞了吧？

鏘鏘鏘——

敲擊的聲音又快又急，響遍了整間汽車百貨。

連汪聿芃都不由得緩下腳步，回頭看著童胤恒，聽見了嗎？那種敲法好像……急切到那邊發生了什麼事！

砰砰砰！

就在童胤恒想回答之際，他們旁邊的走道居然同時傳出不同的拍打聲響，而貨架上的東西都因震動而掉下來了！

『救命！救命啊——』

第三章
船票記名？

呼叫聲頓時四起，而且是多人重疊的聲音。

物品掉落一地，不只是在汪聿芃周邊，每一條貨架都一樣，簡子芸嚇得緊拉住康晉翊，他們不懂這聲音從何而來！

「好熱……」童胤恒突然意識到自己汗流浹背，爲什麼這裡溫度這麼高？

『呀——啊呀——救我們出去！』砰砰砰砰，呼喊聲伴隨著尖叫聲，汪聿芃眼睜睜看著一整籃的螺絲被推下來。

「哇！」物品鏗鏘落地，汪聿芃跟童胤恒紛紛走避，然後……從隔壁貨架那兒，伸出了一隻焦黑的手，『救我——』

喝！童胤恒完全驚愕之際，那貨架一層層的東西均被推落，後面都伸出了被煙燻黑的手！

「走！」他一把推了汪聿芃往前，「離開這裡！」

童胤恒的叫聲大家都聽見了，康晉翊他們並沒有瞧見手，只是看著一籃籃東西不停落下，而敲擊聲響與尖叫聲令人膽寒，簡子芸發現服務人員無動於衷，難道他們都沒聽見嗎？

「幹！往底部走！」蔡志友一聲大喝，推著小蛙也往汽車百貨的後方奔去。

因爲聲響來自於來時路，他們完全不想回頭啊！

『救命啊！』

汽車百貨的尾端是一大片空地，那兒陳設著大型物品，跑得飛快的汪聿芃才剛抵達尾端，就被一個從右邊衝飛出來的女人嚇到！

女人渾身都被煙燻黑般，髮尾甚至燃燒著火星，衣衫不整，赤著的雙腳全都是血！

『救命！快點放我們出去！』

「咦……」汪聿芃幾分錯愕，伸出手之際，立刻被童胤恒由後推走！

「不要看她！」童胤恒一路把她推到空地上，「不要跟任何人接近！」

所有人都同時從走道奔出來了，大家都一臉驚惶不明，但是可以聽見四面八風傳來的敲擊聲響，各式各樣的聲音都有，有尖銳物，有金屬碰撞，也有沉重的打擊聲，一聲一聲，就像敲在……

蔡志友最慢出來，在他們走道的左手邊，靠牆邊剛好是個有著玻璃隔板的展示區。

此時此刻，那裡面竟然擠滿密密麻麻的人，層層疊疊，扭曲的臉趴在玻璃上，全對著他們嘶吼喊叫！

『救我們出去！啊啊！快點開門！』男人猙獰的面容發狂的敲著，但卻怎樣

都敲不破那片透明薄薄的玻璃。

另一個渾身是血、滿是髒汙的女人手上拿著刀子，拼了命的戳著玻璃，玻璃亦無動於衷。

『啊啊——呀——』

『咳咳……咳咳！』

擠成一團扭曲的人們爭先恐後，他們發狂的想離開，卻誰也走不了，這彷彿是在重現當年曾發生在這裡的火災，那幾十個想逃離火場的人們，安全門被封死、出入口是火源、他們只能對著強化玻璃敲擊，卻誰也無法逃出生天。

然後，就在濃煙下被嗆暈、被燒灼氣管，終至倒地死亡。

『啊……啊……』乾啞的聲音驀地從後面傳來，童胤恒正留意著汽車百貨底牆的一道安全門，身後就看見一個男人撲上來，抓住他的手，『救……帶我……帶我出去……』

展示區裡爬出了許多渾身被濃煙染黑的男女，痛苦踉蹌的朝他們走來，小蛙嚇得連連後退，背後的蔡志友抵著他往旁邊拽，一轉身就被撲上的男人熊抱住。

他們身上全是黑灰，只有那雙瞠目的雙眼格外白亮，『快點救我！救我！』

「放手！」簡子芸忍不住尖叫，她被抓住的手好燙啊，「走開走開！」

而且這些人的身上隱約的都在冒煙，彷彿正從體內悶燒一樣，玻璃展示區裡的敲擊聲沒有停止，而不知從哪裡爬出來的人們拖著他們想要逃離，更多的人抱住康晉翊的雙腿，緊緊圈著他也往展示區裡拖。

『你去哪裡？你走不了的！』男人趴在地上抱住康晉翊的腿，『要走一起走啊，好燙，快點帶我們出去啊——』

『呀呀呀——』一個女人站在距離汪聿芃一公尺的地方，歇斯底里的尖叫著，她雙眼望著自己掌心，然後身上竄出火舌，『開門！把門打開啊！』

她瘋狂的對著汪聿芃咆哮，然後直接逼近了她！

汪聿芃不急不徐，回身從展示區裡抽出一個她舉得動的鐵管，直接就往女人身上打下去了！

童胤恒還在那邊試圖甩開抓著他手的男人，就看見一堆碎炭從他眼前飛過……他詫異的往右後方看去，汪聿芃拿著鐵管揮向那女人，女人瞬間成了顆顆泛著橘光的碳，灰飛煙滅般的散在半空中。

「他們已經被燒死了！」她很認真的跑來，抓住童胤恒的手，直接就從男人巴著他的雙臂斬下！

『啊啊——啊啊啊啊！』伴隨著痛苦的慘叫聲，男人望著散發橘光的斷口，

用怒不可遏的眼神看著童胤恒，再度要撲上前，『很痛啊！』

這一次，童胤恒沒有猶豫的一腳踹開了男人！

這眞是奇妙的現象，他踹開的瞬間，眞的感受到一股炙熱的溫度，明明踢著個人，卻在觸及的瞬間像是一腳踢散了烤肉裡的碳火似的。

「打散他們！」童胤恒回身就喊！

「打……」簡子芸咬著牙悶哭起來，她正與焦黑的孩子們角力，一直被往貨架走道裡拖去，「哇！我不敢！」

「我動不了！」康晉翊已經蹲在地上了，太多人抓著他，像溺水者攀著浮木般使勁。

童胤恒衝到就近的貨架盒上，抓過了一顆顆球體物，他高中可是籃球校隊，三分球是他的強項。

小蛙跟蔡志友彼此照應，兩個人一聽見可以揍就拼命的掙脫，但是求生的「人」實在太多，根本前仆後繼！

『爲什麼不救我們！』磅磅磅！玻璃敲打聲激烈，『快點開門，火要燒過來了！』

童胤恒朝著那些奔走的人扔出大顆球體物，雖然不得已，但他準確的砸中他們的頭顱、再打碎他們拉著同學們的手，他們眞的如同碳一般脆弱，或許當初清理火場時，這裡頭數十具屍體，都是一踩就碎的屍體吧！他知道這些應該是當年在大火中求生不能的人們，但是沒料到他們還在這裡！

幽靈船不是收走了他們嗎？爲什麼他們至今還深陷在滾燙的火海裡？

汪聿芃直接往簡子芸身邊去，把鐵管當球棒似的揮著，將拉住她的人給打散，才有空回頭想拉康晉翊出來！只是才回頭她就傻了，康晉翊整個人被拖到走道不說，壓在他身上的是一大堆人！

「這太扯了！」她大吼著，「我需要幫忙！」

「小蛙你們自己解決啊！」童胤恒朝汪聿芃那邊衝去，「簡子芸，妳出去！抵著後門！」

她嚇得都快走不動了，她不知道這些人從哪邊衝出來的，簡直是源源不絕，汪聿芃才打散，立刻就有更多的人出來，每個人都是慌亂惶恐的要求救援……是，他們只是想被救，但就是這個信念讓他們一旦抓住她，就不會鬆手！

的確眼前就有一道後門，但那上面寫著員工專用，可是現在根本沒人敢從貨架中通過了！

聲音這麼多，卻沒有一個員工過來查看，想也知道是什麼情況！

童胤恒接過汪聿芃手上的鐵管，告訴自己不能把這些當人看了，狠下心直接戳進他們的臉，像戳進一堆碳般快狠準！

『帶我們走！否則你也別想走！』壓在康晉翊身上的人喊著，『你不可能離開的！』

汪聿芃則蹲下身子抓住康晉翊的手，要把他拉出來！

「好重！」康晉翊滿身是汗，「好燙！我的背跟身體都快燒起來了！」

「你拉住我不要鬆手！」汪聿芃扯著嘴角，「還有誰過來把上面這些人弄掉！」

蔡志友直抓起手邊的工具就往小蛙背上的男人砸，兩個人終於暫時掙開了求救的人，回應汪聿芃跑過來！

「靠！」小蛙嚇得跳起來，爲什麼這麼多人死拉著康晉翊？

「拉他起來！快點！」汪聿芃換手給蔡志友，同時左邊的貨架裡又竄出新的求救之手。

「啊！」蔡志友嚇得縮起左肩，還是連忙扣住康晉翊。

於此汪聿芃鬆手，她緊張的做了兩個深呼吸後，隨手抓過貨架上的工具，狠狠敲碎伸出來的手，然後再把其中一個盛裝盒裡的東西倒光，拿盛裝盒當武器，開始拼命的剝掉壓在康晉翊身上的人們。

碳煙迷漫，汪聿芃屏住呼吸，眞怕吸進肺裡，但超難避免！

『船票上是有名字的！你逃不掉的！』最後一個抓住康晉翊腳踝的男人嘶吼著，『誰都逃不掉！』

童胤恒已經站在康晉翊的腳後跟處，他皺起眉，發現男人與他四目相交。

船票上有名字？他緊握著鐵管，這句話是什麼意思？

「啊砸！」另一邊的汪聿芃高舉起盒子，砸爛男子的雙手與手臂，然後是頭跟頸胸，碎碳喀啦的落了一地，「好了！快點走！」

康晉翊身上是沒有東西了，但是他卻彷彿痛苦得站不起來。

「我來！」童胤恒二話不說抓起他的手臂，一把扛起來，「幫我注意前面！」

簡子芸就在後門那兒抵著門，警報完全沒有響起，求救的尖叫與嘶吼聲也沒有停止，小蛙跟蔡志友只能就地取材的試圖推開那些尖叫的人們，反而是汪聿芃比較乾脆，她都直接先打斷他們的腳比較有效果。

『誰都逃不了！幽靈船決定要收多少就是多少！』拍打的求救聲不知道什麼時候變了，『上面是有名字的！』

童胤恒邊扛著邊回首，到底在說什麼？

擠在玻璃裡那滿滿人們用忿怒的臉笑著、叫著，『該上船的人，就必須上船！』

「借過借過！」汪聿芃一路揮著盒子奔到門邊，順便推簡子芸出去，「快點啦！」

小蛙斷後的刺碎一個淒厲哭喊的小孩，最後一個從後奪門而出。

門關上的瞬間，每個人回身從門上的方型窗裡，看見的卻是熊熊大火，小蛙嚇得節節後退，門把像是燒紅了般還冒出煙。

砰！

嗯？最前方櫃檯的員工抬起頭，狐疑的往眼前寬闊的賣場望去，「剛剛那群學生呢？」

「什麼？」隔壁正在滑手機的同事瞥向監視器，「啊幹！又來了！」

湊到監視器上看，看見的是一整條走道上掉落的東西，發話的男員工還特地站高往遠眺，另一個同事則盯著螢幕切換。

「每條都有對吧？」

「對，都一樣，最嚴重就左邊後面那邊！」男子嘆口氣，「現在去撿嗎？」

「學生都出去了對吧？」戴著白帽的男子悠哉悠哉坐下，倒是不急不徐。

「嗯，沒看到了，那一票人應該從後面那道門出去了。」黑帽男無奈的托著腮。

「等等再去吧，等東西都沒再繼續掉再去。」白帽男繼續拿起手機，「看吧，我之前就跟你說絕對不要値晚班。」

「大哥謝了！」黑帽男再三道謝，「不過我聽阿泰說，他晚上的話就什麼都不理，要離開前才統一處理。」

「唉！沒辦法啊！」男子嘆口氣，「都二十五年了，他們還沒逃出去啊……」

康晉翊腳軟得雙膝跪地，簡子芸全身發抖的撐著膝蓋，咬著唇任眼淚撲簌簌的掉著，蔡志友則不停的罵髒話，小蛙還盯著那扇門瞧。

「水。」汪聿芃忙不迭的從包包裡拿出一瓶水遞給康晉翊，「先喝一點吧。」童胤恒直接取過扭開，就往康晉翊背上淋，他痛苦的閉起眼，水溫的確爲他灼熱的背降溫。

「幹——那些到底是什麼!?」蔡志友抱著頭又叫又跳，「燙死人了！每個都……幹幹幹！」

「二十五年前在這裡被燒死的人吧。」汪聿芃望著偌大的汽車百貨，「他們到現在還在逃生啊……」

簡子芸撫著額頭，無力的蹲下，「二十五年前的火災，逃生梯被雜物堵死、出口卻是起火處，強化玻璃讓裡面的人使用各種工具都敲不破也打不開，濃煙竄升快，一轉眼就吞噬掉幾十人的生命。」

「所以他們才會那樣敲玻璃嗎？」小蛙連聲音都在顫抖，「天哪！那有多可怕！在火災現場逃不出去，恐懼加深又恐慌，玻璃那麼大片卻打不破……那根本是活活等死！」

「當時就是這樣，所以一個人都沒逃出來，你們也知道，火災現場多半都是先被濃煙嗆暈的……」簡子芸悲傷的看著自己略紅的左手，上面竟然還眞的有五指抓痕，「然後再被大火燒成焦屍……無一倖免。」

「幸好是這樣才好打！」汪聿芃回得超認眞，「我就是想到這點才試著打打看，果然都已經焦化了……」

童胤恒不由得看著她，眞虧得她這麼從容，「妳有勇氣這樣打下去我也是佩服。」

「不然要被他們拖走嗎？」汪聿芃不解的反問，「他們已經死了啊，只是還陷在火場裡，希望逃生而已！」

「這不是很不合的邏輯嗎？幽靈船是為了收他們的命才開到上方的，為什麼這些人都死這麼多年了，卻還在那種高溫恐懼下？」小蛙覺得太可憐了，腦海裡都是那種歇斯底里的求救聲。

唉，童胤恒將水遞給說不出話的康晉翊，緩緩起身。

「幽靈船收的是命，不是魂吧。」

咦？所有人不免錯愕，好像……好像是耶，都市傳說是說幽靈船收滿一百條人命就走，只要命啊！

康晉翊灌了幾口水後終於緩了過來，渾身都發熱發癢的抓著。

「他們是不是針對我來的？」他皺起眉心，「童子軍，你還聽見什麼了？」

「啊？」童胤恒幾分錯愕，「你沒聽見嗎？他們要我們救他們出去，然後說了……」

康晉翊抬頭看著他，「船票是有名字的對吧？」

「嗄？」簡子芸一怔，「什麼名字？」

童胤恒點了點頭，果然被困住的康晉翊比誰都清楚。

「他們一直說逃不掉，沒有理由只有他能走，船票上是有名字的，幽靈船要

收誰就是誰。」一直幫忙擊散火場亡者的汪聿芃自然也聽得很清楚，「這意思是……你有一張船票嗎？」

她是蹲著看向康晉翊的，一雙眼眞是閃閃發光。

「妳要嗎？」康晉翊無奈的冷笑，「聽起來是這麼回事啊，我有一張船票……是KTV那張吧？」

「所以是因爲童胤恒聽到了什麼，把你叫出來，所以你才沒上船！」汪聿芃一擊掌，自己飛快的串連，「所以眞的跟電影一樣，你就是應該要上船嗎？」

按照亡者的說法，在那場KTV意外中，康晉翊應該也要與同學一起葬生火窟才對，幽靈船在上方等著吸收人命，他擁有上船資格，卻被童胤恒從中作梗而活下來。

「哪有這種事！沒聽過啊！」簡子芸激動的出聲，「這是幽靈船的都市傳說，怎麼會搞得像電影一樣……」

「靠，不是應該大難不死必有後福嗎？怎麼變成死神要誰死誰就得死的情況了？」小蛙也完全不能接受，「社長那時就是離開地下室了啊！」

「話也不能這麼說，如果剛剛那些火場死者都這樣說的話，感覺幽靈船要接的人是固定，不然他們不會說出船票有名字這種話！」蔡志友冷靜的分析著，

「畢竟童子軍聽見的是常人聽不到的聲音，所以對幽靈船來說是意外……有個沒來上船的乘客——」

所以呢？童胤恒不由得緊張起來，不能不搭嗎？

「船票長怎樣啊？我們可以不要搭啊！」汪聿芃也想著一樣的事情，「就算是意外，你的確沒在地下室了，幽靈船只是要一百條命，會這麼執著要誰的命嗎？」

「過去沒有這種紀錄，這部分我持保留。」簡子芸語調倒是很堅定。

唉……康晉翊吃力的站起身，仰首望著烏雲蔽日的天空，他突然很後悔爲什麼要來這裡探究都市傳說的起源，卻讓自己心底更不安。

「那些人知道我是誰，他們以爲我逃出了第一次，就能帶他們離開烈火地獄的……」

「別扯什麼第一次第二次。」簡子芸立即駁回，「沒有這回事！」

「自欺欺人是沒用的，那些……那些是鬼吧。無法掙扎離開火場的人們，該比什麼都清楚，他們都是被幽靈船收走命的！」康晉翊倒是比想像的冷靜，「我們也不知道後續會有什麼事，因爲當年幽靈船的都市傳說中，沒有任何詳細的內幕。」

現場氣氛變得非常低迷，明明是大難不死的情況，現在卻搞得好像康晉翊應該上幽靈船似的。

「先走吧！」簡子芸思忖了一會兒開口，「待在這裡也不是辦法，我們先找地方吃飯、休息。」

眾人同意後開始移動，唯汪聿芃卻盯著汽車百貨不放。

「喂，走了。」童胤恒喊著，機車停車格在另一邊。

「你不覺得奇怪嗎？剛剛東西掉了一地，我們還拿來丟，但是服務人員沒說什麼。」她頭也不回的直接往前門繞去，「我去問問看。」

「什麼——汪聿芃！」既然都知道亂扔別人東西了，她還跑回去做什麼啦！

童胤恒滿腦子一團亂，但想想這樣好像也不對，剛剛他們真的把貨架的東西亂倒啊！

「你們先上車，我跟她進去一下！」童胤恒趕緊追上前，順便對要進車子裡的小蛙喊著。

「你們瘋了嗎？還要進去？」小蛙簡直不敢相信，但是叮咚聲響，汪聿芃已經跑進去了。

「歡迎光……」黑帽男一轉頭，愣了一下，「臨……」

「對不起！我們剛剛從後門離開了。」汪聿芃超有禮貌的回應，「剛剛我們不小心弄倒了一些……」

「啊那個沒關係，常有的事。」白帽男立即接口，「我們稍晚會一起整理，你們就別擔心，也別再過去了。」

嗯？一進門的童胤恒聽見這番話，反而好奇。

「所以你們知道……剛剛發生了什麼事嗎？」他小心翼翼的。

「應該就是東西掉下、有人求救，以及敲擊聲吧。」隔壁的黑帽男說得輕鬆，「每天至少都會有一次，習慣就好。」

「哇……」汪聿芃有點佩服，「習慣喔？」

「沒辦法啊，他們也不會怎麼樣啦，就是重複之前被困在火場時的驚恐求救而已，一下子就會停。」白帽男微微一笑，「你們也不要怕，那些人只是在自己的世界中而已，東西弄掉了我們再整理就好。」

「只是……」汪聿芃舉起自己的手瞥了一眼，「但是他們會抓我們耶！」

什麼!?店員瞬間站起，蒼白驚恐的眼神看著他們，「抓？」

「我們有看到……也接觸到，所以才會奪門而出。」童胤恒趕緊把汪聿芃往後拉，「所以您的意思是，以前的狀況只有東西掉落跟撞擊聲而已？」

白帽男遲疑的點點頭，「小子，你陰陽眼嗎？我們還沒人看過……那些人耶！」

唉，童胤恒眞是不喜歡這種「特權」。

「我懂了！我們就是進來跟你們解釋一下東西掉落的事。」童胤恒再頷首，「對不起。」

「沒關係啦沒關係啦！」黑帽男有點毛毛的，「看來你們也受到驚嚇了。」

童胤恒本來拉了汪聿芃要走，但她又旋身折返，「所以只有這個怪現象嗎？」

「呃……有時空調會失效變得很熱。」黑帽男解釋著，「不過最熱的是停車場，聽說當初屍體堆疊都在逃生口那邊，位子就在停車場，車內溫度會升高之類的……」

車內？童胤恒倏地回頭，從透明的自動門往外望去，小蛙正在用手搧風咧！

「謝謝！」童胤恒拽了汪聿芃就立刻衝出門。

「出來了！」蔡志友抹著汗看著他們出來，「幸好沒被留下來收拾。」

「我們弄亂的本來就該收拾……」康晉翊忍不住抓著胸口，「我說蔡志友，你這台車根本沒冷氣吧，熱死了！」

「我也熱啊！」蔡志友用力調著冷氣，「但是我不騙你們，昨天冷氣還很強……」

他一邊說，一邊看著從右側走來的童胤恒要他們降下車窗，小蛙即刻壓下按鈕。

「手不要出來！你們都不要碰到車體！」車窗才露出一個縫，就聽見童胤恒大吼，「雙手都放在膝上！」

喝！那聲音又急又慌，卻也讓車上所有人正襟危坐，雙手乖乖置於膝上。

童胤恒繞著車子走，不必靠近就能感受到車子的溫度……好熱，車子散發的熱度驚人。

右手邊驀地潑來一灘水，童胤恒連閃都閃避不及，那水直接潑上引擎蓋，然後竟發出驚人的「ㄘ」音，還有白煙陣陣！

擋風玻璃瞬間白霧瀰漫，看得車內人目瞪口呆。

「溫度很高啊，你們不要碰到車體，先離開這裡。」童胤恒趕緊說著，「越快越好，我跟汪聿芃等一會兒趕上……我們在前面的路口見。」

汪聿芃人已經跑到汽車百貨外的水龍頭那兒盛水了，照這種情況，他們的機車應該一坐上去人就熟了吧！

「開車。」蔡志友還想問什麼，簡子芸直接叫他聽話照做。

剛剛水潑車體的狀況還看不出來嗎？那彷彿是他們的車子剛被火燒過啊！

汪聿芃拿了水瓢往機車上淋，果然又是陣陣白煙，雖然機車看起來沒什麼，但是誰曉得坐上去會不會出事？她跟童胤恒輪流盛水澆淋，希望能迅速降溫。

「是說來這裡買東西的每台車都會這樣嗎？」汪聿芃好奇的問，「這樣誰會要來買啊？多危險！」

「這就不知道了……」童胤恒試著握握龍頭，「好像差不多可以了。」

「那我拿去放！」汪聿芃用力點頭，毫無懼色的衝回去放水瓢。

水龍頭就在後門外面，她又忍不住多瞥了那小窗框一眼，總覺得裡面依然是獵獵大火，通紅一片。

「你剛有看到蔡志友的擋風玻璃嗎？」跨坐上機車時，汪聿芃還能感受到殘餘的熱度。

「他擋風玻璃怎麼了？」童胤恒發動車子，只急著想離開這塊地。

「你等等仔細看。」汪聿芃轉著眼珠子，「你說他們會不會跟著我們走啊？」

天哪！這哪門子問題！童胤恒打了個寒顫，回頭叫汪聿芃閉嘴。

「他們能走，就不會在那邊二十五年了。」他真是聽得冷汗直冒，轉了龍頭

騎離汽車百貨的腹地。

耳邊的拍打聲其實沒有停過，從他們自後門離開後，拍門的聲音就一直響著。

『不要走——救救我們！救救我們啊！』

男女老幼，哭泣嘶吼，那撕心裂肺的聲音不絕於耳，他只能當作沒聽見，因爲他真的無能爲力。

你們已經死了二十五年了啊！

看著左前方閃著紅燈的車子，他按了兩下喇叭，騎到了蔡志友的房車前。

自然沒有忘記汪聿芃剛剛提到的擋風玻璃，他用眼尾瞥了一眼……

光影的角度，或許車內的人看出去毫無異狀，不過就他們這台掠過的機車而言，看見的是整塊擋風玻璃上的手掌印。

『啪啪啪，開開門啊！』

第四章
聽・見

原本人家計劃的「順便出遊」直接取消，康晉翊心情低落加上身體不適，那些高溫的人們抱著他、扯著他，貼在他身上的餘溫似乎從體內漫延，讓他出現了中暑跡象。

再加上在汽車百貨裡遇到當年被燒死的殘魂，他們言下之意代表康晉翊是幽靈船乘客，一次逃脫是意外，但他不該能逃脫。

這簡直像是在說他註定會死亡，註定要被幽靈船收走，誰聽了會舒服？

結果大家隨便吃個東西，問問附近的人對二十五年前幽靈船的印象後，就原車返回了。

蔡志友車子的冷氣真的在離開汽車百貨後就恢復正常，冷度非常強大，完全沒有太熱的情況；原因大家都心照不宣，畢竟那裡曾發生火災，只怕車子也身在二十五年前的大火裡吧。

由於不放心康晉翊一個人，童胤恒決意陪他回去後再會合，小蛙直接要殺去廟裡拜拜，蔡志友說他想回去詳查一下這次歡暢ＫＴＶ的經過與結果，曾是科學驗證社社長的他，似乎想找出什麼規律。

所以，街頭上就剩下汪聿芃跟簡子芸兩個人了。

「汽車百貨的員工都習慣喔！」簡子芸始終悶悶不樂，「這種事怎麼能習

慣？」

「他們說得很自然啊，總是有敲擊聲、有東西掉下來。」汪聿芃走在騎樓裡，她內心其實很想走外面呢，「幽靈船離開後，剩下的人卻待在那邊，這樣太可憐了。」

「感覺有點可怕，爲什麼離不開？」簡子芸想到的是另一層，「該不會被幽靈船收走的都會那樣吧？」

汪聿芃蹙起眉心，「這樣……那天的ＫＴＶ裡……」該不會也一樣吧？

「我不想讓康晉翊被帶走，這太誇張了，明明他本來就沒在地下室的。」簡子芸專心的思考這件事，「我看過所有幽靈船的都市傳說，沒有必死的條款，當年也沒有人重複意外的。」

汪聿芃噘起嘴，「我也不希望社長上船啊，但是、但是喔——他如果沒上船，會有替代者嗎？」

簡子芸略爲掙扎的看向她，不由得慢下腳步。

幽靈船要收集一百條人命，如果他們盡一切努力避免康晉翊被帶上船，就代表有另一個人會代替他上去。

像是一命換一命的代價。

她別過頭，看著左手間的店家，「我不去想這麼多，我只在乎我的朋友。」

「我也是啊！」汪聿芃倒是沒太多猶豫，「但是前提是社長自己要過得去吧！」

為了活下來，在明知道有人會替代自己上幽靈船的前提下，康晉翊有辦法坦然接受嗎？

簡子芸一樣選擇逃避這種想法，她只想知道從現在開始，必須千方百計防堵康晉翊可能發生的意外……只要捱過幽靈船的一百條人命上限就好了。

兩個女孩還想吃點東西所以才沒先回去，中午那餐根本是囫圇吞棗，食不知味，終於來到一間美式餐廳，簡子芸被裝潢吸引，停下腳步翻閱門口的菜單。

「不貴耶！憑學生證假日還八折！」她看著漢堡套餐，「還有排餐，妳覺得呢？」

汪聿芃也湊上前，學生的餐費有限，不過平常省一點就能偶爾吃些好料！尤其她也覺得今天體力大幅消耗，可是又不知道是怎麼耗掉的。

「我想吃牛排！」她翻閱著基本的牛排套餐，鐵板麵跟荷包蛋，光看就食指大動了，「那這家好了！而且……應該有位子吧！」

她略為彎身，發現除了一樓外，這間餐廳還有二樓，感覺位子很多！

畢竟現在是用餐時間，她們剛剛一路走來很多店都要排，這間店外面排的人倒是不多，只有零星幾個在一樓的大廳裡等待而已。

「對啊，半小時之內就等，如何？」簡子芸看著照片都飢腸轆轆了。

汪聿芃用力點頭，動手揮向自動門——

「客滿喔！」

驀地，她們中間冒出了聲音，一個學生模樣的黑髮男生伸手卡進自動門中。

嗄？兩個女生同時往中間看去，不明所以。

「客滿了啦，因為我們七點包場。」男生相當高瘦，笑起來挺可愛的，「妳們現在進去鐵定也沒位子的。」

「蛤？」汪聿芃好生失望，這樣看過去，一樓還有兩張桌子空著呢。

「喔，謝謝……」簡子芸也顯得無奈，「難怪沒什麼人排！」

「喜歡吃這種美式的話……」男孩回首往遠方望去，「我跟妳們推薦一家，這條路往下走，往右隔兩條街，路口麵包店左轉後直走，有一間有美式餐廳的也很好吃！」

「兩條……」簡子芸趕緊記路，「你是說再直直往下走，往右邊第二條嗎？」

「對！那間也不錯，裝潢沒這麼美，但更便宜且份量不少！」

「謝謝！」至少牛排沒落空，汪聿芃的聲音跟著飛揚起來。

男孩笑著說不客氣，回身自動門開一半就往裡面走，而兩個女生則趕緊順著男孩報的路往前走，十分鐘前還不餓，現在沒吃到反而更餓了！

「喔喔，童胤恒問我們在哪裡，他送康晉翊到家了。」汪聿芃拿著手機查看，「我定位給他喔！」

「嗯，先定這邊的位，等等查那間牛排館。」簡子芸一邊說，一邊拉住汪聿芃，因爲她邊走邊滑手機還挺危險的，「前面等紅燈時再看啦，這樣會擋到人家走路。」

前方小綠人倒數五秒，幾個女孩從馬路那邊衝過來，在大熱天夜晚揮汗如雨，笑著鬧著及時趕到人行道上，迎面差點撞上汪聿芃她們。

「咦咦？」女孩突然回身，「汪聿芃！」

嗯？才回完訊息的汪聿芃愣愣抬首，「喔，同學。」

簡子芸轉了轉眼珠子，什麼叫「喔同學」啊？她該不會叫不出同學的名字吧？

「我叫蘇妍心，我想妳應該不知道吧，哼！眞難得在這邊看到妳！妳會逛街喔？」長捲髮女孩打扮得相當時髦，話裡帶刺的說著。

簡子芸怎麼聽就是不順耳。

「不會啊，我沒在逛街啊，我只是要去吃飯。」汪聿芃倒不在乎的回著，「剛好在這邊下車，只好在這裡吃。」

時髦的蘇妍心抽著嘴角，眞不知道汪聿芃是故意的，還是認眞在回答她，聽著就令人不太爽。

「眞的很難得會在這裡遇到妳耶！」另一個學生頭的女孩親切多了，「偶爾也跟我們一起出來玩玩啊！」

「欸！」蘇妍心還明顯的用手肘推了學生頭，「拜託，她很難聊耶！」

「因爲都不熟吧，我也對汪聿芃蠻好奇的。」另一個是直髮文靜型的女生，「只知道妳是都市傳說社的。」

「副社長。」汪聿芃沒頭沒腦的突然指向簡子芸，介紹給大家。

咦？這是哪門子的跳頻！簡子芸一陣錯愕，面對眼前三個女孩，大家面面相覷，場面瞬間超乾。

「妳好。」蘇妍心還乾笑著，「都市傳說社的副社長喔……」

「最近妳們有聽說幽靈船事件嗎？」學生頭的女孩好奇的眨眼。

「網路都傳遍了怎麼會沒聽到！但那就是個都市傳說，誰知道眞假？」簡子芸四兩撥千金，「好了，我們要去吃飯了！」

「那要一起去嗎？」長髮女孩不知道是天眞還是白目，「我們要去前面那間美式餐館耶，學生假日八折呢！」

「哪有位子啊！我們好不容易才訂到位子耶！」蘇妍心拽了同學，「快點，七點的訂位！下次聊啊，汪聿芃！」

「我叫汪聿芃！」她回首不滿的嚷著，「亂唸！」

簡子芸覺得有趣好笑，「妳就這時反應最快喔！」

「我反應有很慢嗎？」她圓了眼，「我只是想的跟你們不太一樣而已。」

簡子芸回頭看著蘇妍心三人的背影，雖說風格不同，但都是那種漂亮愛打扮型的學生，「同班的喔？為什麼濃妝那個好像很討厭妳？」

「沒有吧。蘇妍心嗎？她都這樣啦！」汪聿芃聳了聳肩，「我又沒對人怎樣，怎麼會討厭我呢！」

簡子芸只是輕笑，有時還眞佩服汪聿芃的粗神經，剛剛那位蘇妍心看她的眼神跟話語帶刺皆不客氣，大概只有她會無感了……不，是不在乎。

「啊！童胤恒！」汪聿芃雙眼一亮，突然指向斑馬線的對面！

童胤恒剛好就在對面紅綠燈下，朝她們招手，剛收到LINE定位，他剛好在

附近，機車一停便走過來了。這個紅燈有一百秒，他們用手比劃著，汪聿芃表示她們要過去，所以他待在原地就好。

簡子芸回頭看著三個女孩笑吟吟的往店裡去，不免幾許錯愕——學生假日八折？那不是剛剛她跟汪聿芃看到的店嗎？

那個男生說包場，但汪聿芃的同學卻說她們有訂位，聽起來好矛盾啊！

「綠燈了！」汪聿芃出聲，拉了拉出神的簡子芸。

她可能想太多了，或許女孩們是參加剛剛那個男生的聚會呢！剛剛那個男生蠻可愛的，不知道是不是他們學校的。

「妳們要去哪裡吃？」才走上人行道，童胤恒就問了，「我跟妳說，我——」

話沒說完，童胤恒驀地倒抽一口氣，痛苦的摀起耳朵彎下腰。

『準備——停船——』

『乘客要到齊了，倒數三十秒！』

童胤恒瞪圓雙眼直視著地面，冷汗瞬間飆了出來！「啊啊——」

「你怎麼了？童胤恒！」簡子芸緊張的上前，把他先往旁邊挪，卡在轉角他們擋到太多人的路。

童胤恒幾乎難以呼吸，他緊閉起雙眼再睜開，吃力的抬起頭……抬得很高很高，視線看的是天空。

這讓兩個女孩瞬間僵直身子，簡子芸立刻跟著抬頭，雖然已經晚上了，但夏季的晚上即使七點多天還是透著微亮，而今天雖不至烏雲密佈，但依然是個雲霧飄渺的夜晚。隱隱約約的有個巨形船隻形狀，隱於那雲層之後！

『二十秒！』聲音是直接傳進大腦或是在他耳邊，童胤恒已經無法分辨了。

「二十秒……倒數……」童子軍咬著牙說，「妳們看到了嗎？」

餘音未落，風彷彿吹散了雲，一隻昂然的羊頭骨真的破雲而出——幽靈船！

看到了！看到了！汪聿芃不可思議的看著停在空中的船隻，真的不是在海上，而是在空中雲裡，那像惡魔羊首的船就這麼穩穩的停在……美式餐廳的上空!!

咦？汪聿芃瞪大了雙眼，視線往下，看著那閃爍的招牌！

「汪聿芃！妳同學——」簡子芸也聯想到的驚恐出聲！

說時遲那時快，汪聿芃如箭般直接就衝了出去！

綠燈的倒數只剩七秒，她飛快的衝過馬路，童胤恒頭痛欲裂，緊緊抓住簡子芸的手臂，咬牙問發生什麼事。

「那間是我們剛剛要去吃飯的餐廳，但是有學生包場所以我們才沒進去，可

是……汪聿芃的同學也要去吃！」簡子芸看著燈號轉紅，卻已經看不見汪聿芃的背影，「她跑好快！」

「她是短跑……冠軍……」童胤恒很想移動腳步，但頭痛讓他難以專注，「十秒，只剩十秒……」

『預備──』

聲音穿腦，上一次頭明明不會痛的，為什麼這一次會覺得這麼難受？

汪聿芃俐落的在人群中奔跑，雖然人潮眾多，卻絲毫不減她的速度，她飛快的衝到了美式餐廳前，看見的是曾依淑的背影，她正要上樓！

「曾依淑！」自動門開啟，汪聿芃衝進去就大吼！

咦？曾依淑愣愣的回頭，前頭兩個女孩也都聽見了那焦急的叫喚聲。

「汪聿芃？」曾依淑尚且搞不清楚，就見到人衝到她面前，二話不說抓著她就往外跑，「喂──」

「快走！」她一手抓一個，拽下往外推，同時再拉下另兩個女孩，粗暴的往門外拉。

站不穩的貼上牆的瞬間，她切切實實的受到震動了！

女孩們先是錯愕，但更多的是措手不及，穿高跟鞋的她們踉踉蹌蹌的被拉出餐廳門外時，連蘇妍心都來不及破口大罵，還扭到了腳往汪聿芃身上倒！

離店的汪聿芃倒是將她們往反方向推去，伸手拉過腦袋一片空白的曾依淑，朝著隔壁便利商店推——一句話都還沒說，蘇妍心拐著腳的身子被汪聿芃扛起，死拽活拽的就是往前拖！

「爲——」她氣得想要尖叫之際，耳邊傳來震耳欲聾的聲音——

砰！

氣爆瞬間從餐廳二樓炸開，伴隨著物品玻璃掉落的聲音，尖叫聲、喇叭聲與煞車聲此起彼落，還有幾台車子因此驚嚇急煞而撞在一起！

「哇啊！」女孩們嚇得彎著身子掩耳，狼狽的直接跪倒在地。

才過兩秒，第二陣氣爆瞬間發生——砰！

「呀——」這次尖叫聲更大了，還伴隨著慘叫，長鳴的喇叭聲代表著混亂，整條騎樓裡煙霧瀰漫。

汪聿芃是抱著蘇妍心的，她抬起頭看向前方視線時，瞧見的是慌亂的人們，還有衝來的其他學生。

「沒事吧？妳們！」陌生人上前就開始大喊，「聽得見嗎？」

女孩們根本不知道發生什麼事，耳鳴得厲害，路人紛紛拉起她們，相互幫忙

24h

的覺得要離這裡越遠越好！

汪聿芃撩開頭髮時，才發現自己手上滿是鮮血……她呆愣的看著自己的身體，還有趴在她身邊撫著額頭的蘇妍心。

「汪聿芃！」

有人這麼喊著她，一把抓著她的臂彎將她拉起，直接就拖離了現場，她的同學們也紛紛在別人的攙扶下離去。他們很快的橫過馬路，來到餐廳的對面，整條路上混亂不已，汪聿芃好不容易才定神，發現攙著她的是童胤恒，越過他往左後方看……

看見的卻是被火吞噬的餐廳。

「天哪……」她甩甩頭，不是才幾秒的時間嗎？她拉著同學衝出來，才走了幾步而已！

而現在剛剛那間美式餐廳的二樓，竄出驚人的大火，豔橘色的火舌完全籠罩二樓，波浪般的火舌向上延燒，將整個二樓甚至三樓全數被包覆吞噬。

「小心腳邊！」簡子芸的聲音隱約傳來，只是汪聿芃聽起來很小聲，「能走嗎？」

簡子芸像是對著蘇妍心說話，努力扶著她，剛剛她被汪聿芃拉出來時，在門

口的一小階落差上扭傷了腳。

餐廳對面馬路聚滿了人，有不少人也是身上帶血，汪聿芃看著美式餐廳的一樓，竟也橘光豔豔！

她緩緩的抬頭往上看，這個角度看見的是正面的幽靈船，比剛剛遠方看更加清楚，卻也更加的龐大，有股令人發寒的感覺。

一根根肋骨在船身上延展著，船側有著似炮口的孔洞，此時此刻看起來像是一張張猙獰的嘴，張大著準備吸取人命！

「痛嗎？」童胤恒憂心忡忡的問著，「妳臉上都是血！」

汪聿芃搖搖頭，緊抓住他，「你還聽……」

童胤恒嚴肅的擰眉搖首，倒數結束後他就什麼都沒聽見了。

幾乎是三二一後，爆炸聲取代了他聽見的話語，所有人都聽見，那氣爆的力量衝到馬路上，波及了汽機車騎士，所以追撞成一團；第二聲爆炸他跟簡子芸親眼見到玻璃噴射而出，濃煙之後就是嚇人的火勢。

能行動後，他們就趕緊往前找汪聿芃，發現她們在隔壁三間的店面，幸好沒在餐廳門口。

簡子芸的心情相當複雜，她心跳得好快，看著大火與氣爆覺得恐懼，這麼遠都彷彿可以聽見有人在二樓慘叫，但是樓頂那座幽靈船，卻眞的令她血脈賁張。那是幽靈船啊！她這輩子沒想過，這個都市傳說是眞的，而且她居然可以親眼見到！

「嘴在開闔……」汪聿芃瞇起眼仔細瞧著，「你看見了嗎？」視線不良，但是她卻覺得船側的嘴眞的像是在動。

看見了。童胤恒喉頭緊窒，那不是錯覺，船側眞的已經張大嘴，而且從火場裡一直有東西順著橘色的火燄往上昇……直到被那血盆大口吞沒爲止。

破帆在無風的天空裡飄揚，混亂的叫聲此起彼落，但是他卻聽見一種更細微也更絕望的尖叫聲，從餐廳往上，直抵船隻。

有幾個人瞧見了？他試著左右張望，希望有人也跟他們一樣，望著半空中感受到驚懼啊！

「門卡住了！」右手邊有人喊著，「餐廳的自動門卡住了！」

大家紛紛往右看去，在十公尺的地方有人指著對面驚慌的大吼，「有人貼在門口啊！」

簡子芸直覺想往前，汪聿芃卻瞬間抓住她，用力搖頭。都燒這麼久了，現在去能做什麼！

爆炸發生在二樓，一樓的門沒有碎去因氣爆影響扭曲，那一樓那幾桌的客人就算想逃……也只能擠在玻璃門口，然後希望能把玻璃門擠出一條縫……在大火纏身之前，逃出生天。

「啊啊……啊啊啊——」恢復理智的女孩子終於開始哭泣，「怎麼回事？爲什麼……」

消防車刺耳的聲音由遠而近，後面跟著來的是救護車。

「我們得帶妳們去就醫。」童胤恒壓下狂跳的心跳，看著女孩子們，「妳們都被玻璃割傷了。」

無法感到痛，或許是緊張、恐懼，或是事情發生太突然，總之就算是汪聿芃，她腦子也無法正常運轉，耳鳴依然厲害。

「我想……再待一會兒。」汪聿芃吃力的說著，她想看著船離開。

消防隊員飛快的開始灌救，這跟歡暢ＫＴＶ不同，他們有辦法立刻拉水線灌救，強力水柱往餐館裡灌著，雲梯車也上昇。

火變成了黑色的濃煙，火勢逐漸消散，警消與醫護人員開始處理受傷的民眾，童胤恒跟簡子芸也分別帶著女孩們一拐一拐的往救護車那邊移動。

她們被割傷事小，路過餐廳門口卻巧遇爆炸的連環車禍傷勢更爲嚴重，看著一片兵荒馬亂，童胤恒完全不敢想像這又是多少條人命的意外。

距歡暢KTV大火事件，也才不到三天時間，幽靈船這麼趕業績嗎？

「啊……」簡子芸突然啊了聲，仰高頸子。

曾依淑皺起眉，她不懂爲什麼這幾個人一直在看天空，一片漆黑有什麼好看的啊!?

聽簡子芸逸出的聲音，汪聿芃跟著往上瞧，果然發現幽靈船不知道什麼時候已經駛離了，現在火場的上方除了轉藍的夜幕外，什麼都沒有。

破帆、大嘴或是骨船，一點點殘影都沒剩下。

而餐廳的火勢也獲得控制，不再看見竄出的火舌，但依然會傳出零星的爆炸聲。

「小心點！」在馬路的對面，都可以聽見消防隊員的吆喝聲，「先把門弄破，注意裡面的高溫！」

他們評估著情勢，往騎樓前去，想把卡住的自動門玻璃擊破。

童胤恒就站在正對面，他的視力從未如此的清楚，那簡直像是電影裡的放大逼近，直接在他腦子裡播放一般的清晰。

那是隻潔白的手，手腕卡在扭曲玻璃門的縫隙中，五根指頭僵硬的朝外展開，狀似在使勁。

用生命的最後的氣力求救，如同從汽車百貨貨架中竄出的手一樣。

一模一樣。

第五章

看・見

女孩們受的傷都不重，所幸汪聿芃反應快的將大家帶離爆炸的餐廳外，才沒有遭受氣爆波及，碎玻璃也因爲當時她們趴著，沒有割傷臉頰，耳鳴只是暫時的，到醫院後沒多久就恢復正常。

連隔壁店家都能震碎的爆炸威力，卻震不破餐廳一樓那扇對開自動門。

華盛頓美式風味餐館的意外起源自廚房，目前只知道是瓦斯桶的爆炸，但詳細過程還不知道，所以有瓦斯鋼桶炸裂，起火點痕跡非常明確。

由於是氣爆，用餐的客人根本反應不及，更別說事故發生時正値用餐時間，餐廳裡人滿爲患，第一次爆炸時勢必大多數人受傷，但五秒內又發生第二次爆炸，即使餐廳二樓是整片落地窗，強化玻璃亦被震裂，但那時已經沒有人有氣力逃生。

耳鳴、腦震盪、暈眩、爆炸受傷，在這種混亂下仍有意識的不知道剩多少人，緊接著就是可怕的大火竄燒，從第二次爆炸到火舌襲捲沒有五秒鐘的光景，因爲外牆裝潢亦是易燃塗料。

於此，就算有誰能爬起來想從二樓跳窗也變得困難重重，大火是包裹著窗戶往上燒的，根本沒人能靠近；失火後斷電一片漆黑，濃煙密佈，即使有人可以走下……或是滾下一樓，也會被那卡死的自動門斷去生路。

至於逃生梯，消防隊好不容易才推開厚重的門，後面堆滿了雜物，即使宣導了這麼多年，依然還是有人拿命開玩笑。

除了汪聿芃拉出的三個同學外，所有在餐廳裡用餐的客人、服務人員及廚房工作人員，全數罹難，死亡人數高達三十九位。

在歡暢KTV大火的五十七位後，餐館氣爆又帶走了三十九條人命，一轉眼幽靈船的都市傳說中，已經九十六條人命了！兩起事件，即將抵達傳說中的一百條人命。

學校附近轄區的章警官很快抵達醫院，他們自然是支援，而且童胤恒第一時間就傳LINE告訴章警官，他們被捲入了氣爆案，再附加一句：「這是都市傳說，幽靈船。」

「謝謝妳……眞的謝謝妳……」蘇妍心一反那驕傲的模樣，哭得眼線都糊了，緊緊握著汪聿芃的手，「我眞的不知道該怎麼謝謝妳！」

「沒關係啦！」汪聿芃有點虛弱的回著，她兩隻手都被人握住了好麻煩喔！

「要不是妳來拉我們出去，我們現在已經……已經……」學生頭的曾依淑臉色慘白的看著牆上的電視，話沒說完就開始哭。

蘇妍心什麼都說不出來，就是握著她的手低頭不停的哭，她抖得厲害，事發過程其實都不清楚，只知道汪聿芃的叫聲、被拉出去扭傷腳，然後就是驚人的爆炸聲；等到她們完全回神時，看見的是新聞裡那三十九位的焦屍。

「妳們朋友都來了嗎？能回去吧？」章警官溫和的走來，「我讓女警送妳們回去！」

「汪聿芃呢？」長髮的王芊君擔心起她了，「她傷勢最嚴重……都是爲了保護我們……」

看著汪聿芃，蘇研心更加愧疚，她頸部以上受傷最少，正是因爲被護住的原因。

「我也不是護著妳啦，那時就直覺……唉！反正妳們不用擔心，我有朋友陪我呢！」汪聿芃劃滿笑容，回頭看著一票「都市傳說社」社員。

事情一發生，連該躺在家休息的康晉翊都衝來了，他簡直不敢相信汪聿芃會被捲進氣爆案中，幸好沒有大礙；小蛙跟蔡志友也稍後趕到，還找錯醫院自亂陣腳。

最麻煩的是連紅髮于欣都來了，于欣是童胤恒的高中同班同學，新聞系，負責校內新聞。

「別煩她喔！」于欣還沒開口，簡子芸就先警告了。

「欸，事情這麼大，別告訴我你們都市傳說社什麼都不知道！」于欣可是抱著獨家新聞想法來的耶！

「好了！不要在這裡談這些！」章警官低聲阻止，急診室是什麼地方，人多嘴雜就算了，更易引起恐慌，「我先帶妳同學出去，新聞社的——」

「嗄？為什麼？」于欣趕緊拉住童胤恒，「我是童子軍的同——」

「我改天讓妳單獨採訪這次事件。」簡子芸立刻扔出餌，「妳今天就別煩我們了，好嗎？」

于欣很遲疑，但章警官非常堅持要她離開，所以她跟簡子芸再三約好，一定要讓她專訪喔！

「那汪聿芃……」王芊君憂心忡忡的看著她。

「我沒事的！妳們回去吧。」汪聿芃用力點頭，然後往一點鐘方向看去，用可憐兮兮的眼神望向童胤恒。

她真的好餓喔……餓慘了，又餓又累又受傷，原本的牛排也沒希望了嗚……

「那……汪聿芃我們先走了！」王芊君依然緊張的互抓手背，「再LINE聯繫好嗎？妳要小心！」

「我們都陪著她，妳們放心吧！」小蛙表現得很有氣概，但明眼人一看就知道他喜歡王芊君那型的。

三個女孩一拐一拐的轉身，但蘇妍心突然緩下腳步，她總覺得……有個問題梗在心口，緩緩回首。

她走回來時，神情帶著凝重與害怕。

「汪聿芃，我可以問妳一個問題嗎？」

「我沒辦法回答妳。」汪聿芃知道她要問什麼，「身爲都市傳說社的一份子，我們總是會察覺到比較細微的事，但我現在什麼都不能說。」

「不管怎樣，至少妳們沒事了，汪聿芃的目的也是爲了救妳們。」童胤恒上前一步擋在她們之間，「她眞的是百米衝過去拉妳們的，妳們只要記得這件事就好，其他的……就算了。」

「但是警察問我們……」王芊君質疑的問，突然逃出的學生，這該怎麼回答？

「這妳們就不必擔心了。」章警官順當接口，跟「都市傳說社」交涉又不是第一次！

之前畢業那批更誇張，連陳年的屍體都能找到，每次都說是都市傳說，但也的確每次都發生難以解釋的事；他總是姑且信之，棘手的案件也總是層出不窮，

有破案的，也有永遠的懸案。

他習慣了，知曉都市傳說就像鄉野奇談一樣，世界這麼大，總不是每樣事情都能解釋。

蘇妍心其實很想知道，因爲汪聿芃彷彿她知道餐廳會爆炸，才在千鈞一髮之際把她們拉離餐廳……觀察於細微，所以這次的事件眞的是大家在流傳的幽靈船了嗎？

看著「都市傳說社」每個人堅毅的神情，她知道得不到答案，最後還是深深的朝汪聿芃一鞠躬，在女警的陪伴下離開。

「好，等一下我們去吃豆漿！」童胤恒立刻回頭，「我現在手邊沒有吃的！」

「我快餓死了，我眞的快餓死了……」汪聿芃無力的往後躺，嚇得蔡志友趕緊撐住她的頭。

「喂！妳這樣往後躺很可怕耶！」這傢伙完全就是想用摔的，她身上有傷啊！

「我沒力了……」汪聿芃一副可憐兮兮的樣子，「我的牛排……」

「還牛排咧！」簡子芸搖搖頭，「等等章警官一定會問我們的。」

「欸，所以呢？」小蛙挑了挑眉，「看見了？」

三個男人眼神同時掃向在場的他們，童胤恒誠實的點點頭。

「我沒說錯吧？」康晉翊緊張的追問，「跟我看到的同一艘？還是？」

「應該是同一艘，羊頭、骨身、揚破帆。」簡子芸簡單說著，聲音很輕，就怕嚇到隔壁病床，「我們還看得更細，因爲它並沒有被雲層遮去太多。」

「還有什麼？」蔡志友瞪大雙眼，急於知道。

「還說。」童胤恒打斷了問題，這裡眞的不是好地方，「我再畫給大家看啦。」

已經四個人看見了，他們社團ＦＢ上更湧入了大量留言，看見幽靈船的留言不只一個，只是不知是眞是假。

康晉翊倒是臉色凝重的看著離開的女孩們，他心底有股不祥。

「好了，各位。」章警官折返，二話不說拉起簾子，把「都市傳說社」社員全圈在裡面，「我問，你們只管點頭或搖頭，別出聲。」

集體點頭。

「確定是這個嗎？」章警官亮出手機，是童胤恒傳的訊息：這是都市傳說，幽靈船。

又一次的集體點頭。

「怎麼確定？你們……看見嗎？」他狐疑的看著所有人。

點頭的有四個，汪聿芃還用雙臂劃一個大圓，用嘴型說：超大艘的！

唉……章警官忍不住嘆息，傳說中的幽靈船他怎麼不知道，雖說已經二十五年前，但他已經是五十歲的人了，當年正值盛年，一個「幽靈船」的傳言沸沸揚揚、人心恐慌，但也的確加強取締不合格消防設施。

時至今年，有時就算防堵得再嚴謹，也難料像歡暢KTV那種密閉空間的火災或是氣爆啊！

「都是火？」他再問，這時幾個學生倒是疑惑的面面相覷，說實在的，他們也不知道啊！

「是因爲你們看見，所以——」章警官指向汪聿芃，意思是看見了才拉同學出來嗎？

汪聿芃率先指向童胤恒，他有點詫異的圓了眼，感謝她指得這麼自然厚！

「我聽見一些東西，像是倒數計時……我們抬頭一起看見那個，接著她就去找同學了。」童胤恒婉轉說著，但康晉翊不免倒抽一口氣，童子軍又聽見了嗎？

「好，你們知道這些是不能說的，說出去也沒有用，我們能做的也是加強安檢。」章警官臉色凝重，因爲幽靈船能發生的事故實在太驚人，「都好好回去休息吧，有狀況再跟我說……童胤恒。」

「只有三十秒。」童胤恒知道章警官想問什麼，「我想提醒什麼都來不及，因爲我根本也不知道在哪裡。」

章警官輕嘖一聲，這是連預防都做不到的事嗎？

拉開簾子，醫院裡依然哀號遍野，不到命危的人們等待救助，急診室裡滿地鮮血，哀鳴與哭泣聲重疊著，傷者正與親人緊緊相擁，但同時也有人在遙遠的另一端迸出淒厲的哭叫聲。

三十九條人命，就這樣在十秒內化爲烏有。

說好要去吃豆漿，所有人一起行動，康晉翊卻緊皺眉心，指頭在胸前背後不停的抓，他整個心煩意亂。

「別再抓了！」小蛙看得煩，「你是過敏喔！」

「你才知道，癢死了、睡也睡不好！」康晉翊追上汪聿芃，「欸，妳拉妳同學出來，眞的是只差幾秒嗎？」

「我根本沒在算……童胤恒說倒數三十秒，我那時直接就衝了！」汪聿芃回憶著一切，對她來說像只有五秒吧，「我衝進去，看見她們正要上樓，拉著她們往外跑，又推又拉，下一秒就覺得頭暈了！」

「三十秒沒錯，汪聿芃跑得超快！」簡子芸由衷佩服，「我完全措手不及，我還怕她萬一跑不到反而身陷險境。」

「所以……」康晉翊蹙起眉，「她們會不會也是有船票的人？」

咦？汪聿芃驚愕的看向康晉翊，狠狠倒抽一口氣。

「幹！真的假的？」蔡志友也聯想到了，「對啊，如果童子軍你沒聽見、汪聿芃就不會去找她們——」

「妳說她們已經要上樓……」小蛙搖搖頭，「按照時間，她們應該逃不出來。」

船票是有名字的。

童胤恒忍不住計算著，現在至少有四個人是該上船還沒上去的嗎？

「九十六……」汪聿芃喃喃的唸出這個數字，「差四個人。」

五十七加三十九，距一百條命剩下四個。

汪聿芃目光灼灼的看著康晉翊，明白了嗎？如果上船是命定的，那現在逃船的人剛好就……四個人。

「靠！」康晉翊忍不住低咒，「就我們四個嗎？」

「不不不，船票的事沒有確定啊！」小蛙趕緊安慰他。

「如果是呢？」康晉翊倒是激動起來，「原本今天就能離開的幽靈船，因爲我們卻還必須再發生一起意外——不管它收多少條命，還是會有人因此傷亡！」

他不要這種倖存！

汪聿芃默默的朝簡子芸望去，看吧，這就是她所說的：康晉翊能接受一命換一命的倖存嗎？

如果一切如同電影劇情，註死的人必死，那最終幽靈船會要康晉翊上船。但如果只是要一條人命，當大家幫康晉翊求生時，就會有另一個人替代他而死亡。

有多少人，能捱過這種心理壓力？犧牲不認識的某人而活下來？

「先不要急！」簡子芸忍不住低吼出聲，她的聲線比誰都緊繃，「這都是我們的猜測不是嗎！那些……那些亡魂說的也不代表是眞的，幽靈船傳說裡沒有這件事啊！」

「他們會隨便亂說嗎？纏著我說這些是爲什麼？只纏著我啊子芸！」康晉翊用力揪緊胸口，「我光是想到在ＫＴＶ的同學們就輾轉難眠了，更別說要別人替代我去了。」

「喂喂，副社說得有理，第一事情不確定，第二如果確定了我們還是能找破

解法啊！」汪聿芃倒是樂觀得很，「別忘了夏天學長他們破了好幾個都市傳說耶！」

「啊他現在人都在如月車站了……」蔡志友潑冷水第一名。

「我也沒說不願意上幽靈船啊！」康晉翊語出驚人，雙眼竟熠熠有光，「喂，在船上耶！」

「你當度假啊？郵輪之旅嗎？」小蛙打了個哆嗦。

「天曉得！喂——」康晉翊倒眞的不見懼色的轉過來看向簡子芸，「看見船之後，你們眞的不想上去看嗎？」

六個學生同時做了一個深呼吸，除了蔡志友外，每個人都很不甘心的點頭！

這跟如月車站一樣令人毛骨悚然，但是有機會大家還是想去一探究竟是一樣的道理啊！

「我們別談了，我現在不想管什麼船！」汪聿芃忍無可忍的舉手，「豆漿！」

「好啦好啦！」童胤恒趕緊撫著肚皮，「我也眞餓了！」

大家根本都沒吃晚餐，紛紛準備騎車回學校附近的豆漿店大快朵頤！汪聿芃照常讓童胤恒載送，坐在機車後座的她看著社員們一塊兒等紅燈，感受著引擎怠速中的隆隆震動。

「哎呀！」她突然大叫一聲，反而讓康晉翊如驚弓之鳥。

「幹嘛!?」嚇死人了。

「震動對吧！」她雙眼閃閃發光，「我進去拉王芊君她們時也感受到了，整個水晶燈都在隆隆隆呢！」

事實證明不只童胤恒一人可以感受到幽靈船的停泊，或許凡是「都市傳說社」的社員、或是對都市傳說有所喜愛、甚至因爲他們接觸過都市傳說，所以變得格外敏銳。

而且也證實了幽靈船在出現前，是有徵兆的！

至少童胤恒聽得見都市傳說裡的聲音、幽靈船會出現在事發上空、而事發點會因爲船隻停靠而有震動。

只是這些，能不能寫在「都市傳說社」的社團臉書裡，變成康晉翊苦惱的主因。

「寫啊，爲什麼不寫？」

意外地向來謹愼保守的簡子芸，竟然直接大喇喇的在社團ＦＢ上公開了這

次幽靈船的都市傳說，從過往發生的原由、這次的歡暢KTV大火事件、乃至於美式餐館，無一遺漏的書寫。

姑且不論這篇章多麼震撼人心，光是輿論就快要讓「都市傳說社」翻過去了！

「我說為什麼我們會變成過街老鼠啊？」蔡志友心有不平的叨唸著，「莫名其妙變成眾矢之的，船又不是我們叫出來的！」

什麼製造恐慌啦、怪力亂神啦，「都市傳說社」這種荒誕不經的學校社團多次興風作浪，在人心惶惶之際還信誓旦旦的說出近兩次悲劇是都市傳說作祟，更扯到二十五年前的悲慘大火，簡直是唯恐天下不亂！

連校內同學都不諒解，尤其是康晉翊的同班同學，他們覺得康晉翊獨自逃生已經夠可疑了，現在還拿同學喪生的事做文章，為了讓他那莫名其妙的社團受到矚目？

童胤恒的高中同學于欣更是抓緊機會，身為校刊社的她立刻跑來採訪，簡子芸獨當一面面對訪問，她說這不是製造混亂，製造混亂的是幽靈船，「都市傳說社」只是把事實寫出來而已。

而且還寫下了注意事項，以及幽靈船出現時的徵兆，為的是提供大家一個逃出生天的機會。

不管簡子芸說得多麼堅定，「都市傳說社」依然還是被大家視為亂源，社團的成員也都被人質疑謾罵，康晉翊更是直接暫時請假，由副社長簡子芸主持大局。

「簡子芸比較讓我驚訝，往常她都是很小心的人，這次比誰都固執。」童胤恒比較憂心她的情況，「都說社團不要去了，她還是照樣往裡跑。」

有的人會堵在社團那邊找麻煩啊！

「因為她喜歡都市傳說啊！」椅子最旁邊的汪聿芃輕描淡寫的說著，「既然明明是都市傳說，有什麼好閃躲的呢！以前學長姊們不也是那樣嗎！」

童胤恒略帶無奈，「是啊，學長他們那時更誇張，卻把社團弄得超紅，怎麼都沒有這種眾矢之的的狀況？」

「因為不是公安意外吧。」小蛙搖了搖頭，「你們想想，每次都死這麼多人，被我們弄得像是唯恐天下不亂。」

「也或許是因為我們一直太低調吧。」汪聿芃向左看向三個男生，「夏天學長他們以前都超囂張的，大家反而不覺得怎樣啊！社團低調太久了，以前學長他們幫助找到屍體時，大家可沒這麼多話！」

「所以這就是不一樣的地方！以前是事發後的協助補救、或是意外破案，這次是在預咒死亡！」童胤恒輕推了她一下，「妳音量小一點！」

現在在地鐵月台上，「都市傳說社」已經夠黑了，可別在這被人發現他們就是「謠言製造者」，被群眾攻擊那可不是簡單的事。

汪聿芃嘟起嘴，看著跑馬燈顯示再兩分鐘地鐵即將進站。

他們今天是從外面回校的，得先坐地鐵再轉輕軌，原本是要去見一位倖存者，結果到了約定地點後，對方卻說只想見蔡志友一個人而已。

起因是蔡志友在ＦＢ上開始聯繫倖存者，他用過去科學論證社的邏輯去推敲幽靈船事件，如果船票有名字的話，逃票的人應該不只康晉翊一個，因為網路上有很多人自稱看過幽靈船。

簡子芸把幽靈船停泊時的徵兆寫出來時也得到了回應，不管眞假，只要有一個人是眞的，那就表示逃票的絕對不只康晉翊。蔡志友公開在社團ＦＢ裡尋找事故倖存者，這兩次的災害、甚至更早之前，只要有人是幽靈船的倖存者，都請跟「都市傳說社」聯絡。

除了康晉翊、蘇妍心、王芊君與曾依淑外，意外的還有兩三個，而且是這兩次事件的倖存者！

童胤恒倒是很訝異，他以爲歡暢ＫＴＶ事故中，康晉翊是唯一一個逃出來的，竟然還有人危急之際逃出！

汪聿芃感受到風，這是車子要進站時的風，但是風向卻是從……反方向來的？

她狐疑的向左邊看去，他們現在等待的月台，車子進站方向該是從右邊才對，怎麼會——咚隆隆——

熟悉的車廂突然映入眼簾，汪聿芃當下就跳了起來！

「汪聿芃？」童胤恒留意到她的異狀，卻不想她一句話都沒說，直接向右狂奔！「喂——」

車廂玻璃上幾乎貼滿了大字報，她卯足了勁往前衝，她要看清的不只是玻璃窗上的字，還有在中間車廂剛剛掠過的人！

夏天學長！

穿著列車長制服的男孩手裡捏著大張的紙張，直接貼在玻璃窗上，另一隻手指著紙張，要汪聿芃看清楚！

「滾開！」她扯開了嗓子，尖叫的大吼著，嚇得一堆等在月台上的人紛紛錯愕往後退。

慢！慢點啊！車子不能停下來嗎？這一站不能是停靠站嗎？

「同學！停！停下——」

汪聿芃的速度驚人，而且完全無視於路人，奔跑在警示黃線與月台之間那狹窄的空間上，保全的哨聲響得急切，她卻只是疾速的往前衝。

「汪聿芃！」別說其他保全了，連童胤恒都追不上，她是本縣短跑冠軍多項紀錄保持人啊！

眼看著月台到了盡頭，那兒有保全向前張開雙手準備攔住她，否則照她那種沒命的跑法，不是跌下鐵軌就是得撞上盡頭護欄了！

緊接著，眼前的隧道裡亮起了車前燈，車子來了——

「汪聿芃！」童胤恒大吼著，她的眼神根本只望著虛無的半空，但卻似是追尋著什麼！

保全伸手箝住她的雙臂前，童胤恒先一步拉住她的T恤，由後擒抱住重重往右摔去，兩個人滾了兩圈，月台上自然一陣騷動！小蛙跟蔡志友驚慌的跑來，保全已經上前制住了他們兩個。

「等等……等一下！不要動粗吧！」小蛙趕緊嚷著，「他們沒有惡意的！」

看著警棍架在汪聿芃脖子上，小蛙不免覺得粗暴，她的臉都漲紅了。

另一個保全直接報警，天曉得失控的學生究竟要做什麼！

「不要動！」保全緊勒住汪聿芃的頸子，她痛苦的咬牙。

「馬的她是女生，你這麼用力做什麼！」小蛙氣急敗壞的上前，不客氣的立刻推了保全一把。

這一推不得了，另一個保全也由後狠狠就砸向小蛙，蔡志友見狀不爽的衝撞保全，一轉眼大家全扭打在一起！

但汪聿芃卻得以呼吸的趴在地上，童胤恒先探視她沒事後，跳起身阻止打成一團的人們。

「你們在幹什麼！住手！」他想分開保全跟同學，結果反而被蔡志友一拳揮到旁邊去，「喂！」

樓上奔下更多警衛，他看得只是心慌！

「誤會！這是誤會！請不要傷人！」他雙手高舉，趕緊對趕來的保全嚷著。

「幽靈船不會放過逃票的人。」

嗯？童胤恒聽見碎語，詫異的回頭看著站起身的汪聿芃，她兩眼發直，有些茫然的盯著地板。

五秒後，她才緩緩揚睫，與他四目相交。

「夏天學長貼的大字報——幽靈船不會放過逃票的人。」她嚥了口口水，「這一次，犧牲再多也要把逃票的人抓上船。」

「夏天……學長？」童胤恒也無法顧及身邊在怒吼混亂的人們，汪聿芃在說什麼？她剛剛看見了什麼嗎？

「如月的列車剛剛經過，學長貼在玻璃上的。」她幽怨的蹙起眉，「以前放過，這次絕對不會錯過。」

每一個車廂玻璃上都貼著一樣的大字報，重複的訊息令人膽戰心驚。

『幽靈船這次不會放過逃票的人。』

『以前放過，這次絕對不會再放。』

『犧牲再多也會逮回幽靈船。』

再更令她發寒的，是學長手上的那張大海報：

『知情者一併帶回，永絕後患。』

以前放過，這次絕對不會再放！
會逮回幽靈船！
犧牲再多也會逮回幽靈船！
知情者一併帶回，
永絕後患！

第六章
幽靈船的印記

「康晉翊！」

康晉翊驚愕的顫了一下身子，茫然的看著眼前有點熟悉的景物。

「在發什麼呆啊！」小綾推了他一把，「蛋糕呢？」

康晉翊遲緩的往右看去，小綾皺眉扠腰盤問著，他幾秒遲疑的張望，看見的是有煙味的走廊、燈光明亮的自助歡樂吧，眼前是空著的桌子，小綾旁邊是那鍋麻辣鴨血，再來是滷肉飯、薯條、炸雞塊——歡暢ＫＴＶ？

「我……這裡是……」他吃驚的回身看去，125，是吧檯旁包廂的號碼！

「哈囉？」小綾彈著指，「你沒事吧？怎麼怪怪的？你跟服務生說蛋糕了嗎？」

「蛋……喔，服務生去拿了。」他趕緊往右後方看去，那逃生口的綠色燈誌仍在，他在歡暢ＫＴＶ的地下室。

「有夠久的！林賢州差點要出來拿東西，是我先說順便幫他拿的。」小綾沒好氣的抓過盤子，「是有沒有問題啊？一個蛋糕弄這麼久！」

「剛剛有個服務生說蛋糕放在樓上的冰箱……」康晉翊望著以前在裝鴨血的女孩，「小綾？妳沒事？大家都沒事？」

女孩莫名其妙的望著他，「你是怎麼了？怪怪的喔！」

「不是……」康晉翊幾分詫異，「是夢嗎？我們……」

他趕緊抓起手機，時間是……生日那天！

他出神了嗎？一切都是夢，歡暢ＫＴＶ沒有發生火災、他們沒有去幽靈船傳說的起源地、美式餐館也沒有發生氣爆？

「你做夢？你就出來幾分鐘也能睡著喔？」小綾一副大驚小怪的樣子，「別鬧了康晉翊！」

「不，我只是……」康晉翊突然鬆了一口氣的笑了起來，「哈哈哈！」

「笑屁啊！」小綾跟著失聲而笑，「看來你眞的等很久耶，居然站著都能睡！」

「不是不是！」居然是夢！康晉翊掩不住笑意，這夢也太眞實了吧！他緊握著手機再看一眼，在夢裡的這時童子軍應該要打給他了！

他看著手機上的時鐘，笑容有些凝結。

一樣是五點零五分，這一分鐘是否太漫長了？

仔細回想著，當時童子軍打給他時是幾點？五點零五分，他記得很清楚是因爲他跟小綾約好十分要端蛋糕進去，他們對過時的。

帶著僵硬的笑容緩緩看向眼前的同學，小綾端著一碗麻辣鴨血正望著他。

那眼神不是平日玩鬧的模樣，而是帶著一抹深沉無法捉摸的冷笑。

「你夢到什麼了？」她眼神轉爲銳利，面對了他，「是惡夢嗎？」

「站住！」康晉翊即刻指向她，「別靠近我！妳是什麼東西!?」

「我是你同學啊，小綾……我眞好奇你夢到了什麼……」她劃上笑容，背後的薯條台驀地竄出火花，「夢到我了嗎？」

「我叫妳站住！」康晉翊厲聲吼著，「不管妳是什麼，妳都休想嚇到我！」

轟！下一秒小綾身上燒了起來，大火燒得她的頭髮傳出焦臭，她的手她的臉都在大火中變得乾捲焦黑。

『我們都在等你啊！康晉翊——』小綾痛苦的尖叫出聲，『爲什麼只有你逃過了！好燙——哇呀呀——好燙好燙啊——』

她瞪大的眼珠一轉眼就失去了光亮，但曲起的手卻還伸向他——康晉翊！

喝！

康晉翊跳開眼皮，全身打著寒顫，心跳疾速到緊窒，感受到發抖的自己，還有汗溼的背。

他全身都濕了，聽見自己的心跳聲，緩了好幾秒他才回過神。

康晉翊緊張的捏緊右手，才發現自己右手眞的捏著手機，而他眼下一片漆

黑，他沒有在房間、沒有在自己床上……他是站著的！他站在一個陌生之地，上頭有破洞透進路邊的燈光……這是哪裡？

在這一秒之前，他沒有任何記憶。

他身體一直很不舒服，處於高熱卻沒發燒的跡象，「都市傳說社」被罵的事困擾著他，雖然簡子芸說要扛下一切，但滑著FB看到那些謾罵他就是一肚子不爽！

他們是「都市傳說社」，寫都市傳說有什麼錯！說什麼他們造謠、他們唯恐天下不亂，他們只不過描述一個幽靈船的都市傳說，並且探討現在狀況符合傳說而已，亂什麼啊！

亂的是在空中的那一艘吧！

他忘記自己是什時候睡著的，但再怎樣都不該「站」在這裡。

呼……按了手機側邊，光源亮起，他依然難以判斷這是哪裡。他始終認爲在莫名處點亮手電筒是最需要勇氣的事，因爲亮起的那瞬間，你不會知道旁邊是誰、面前有什麼，甚至有什麼東西抵著自己的鼻尖。

但他還是得照明，否則連移動都有困難……按下手電筒，刻意不照向正前方而是照亮地板，看見的是一片濕潤焦黑的地面……康晉翊不由得皺起眉，移動著燈光，他腳下是一片廢墟，焦黑的木板到處都是，然後……

舉高燈光，他的右手邊，隱約的可以看出曾經是一條走廊。

雖然現在已是斷垣殘壁，上頭的燈光隱約從被破壞的天花板與牆投射進來，但是他該知道這是哪裡。

歡暢KTV。

雙腳難以移動，他爲什麼在這裡？看著自己穿著家裡拖鞋的腳，他還穿鞋子出來，身上是睡衣無誤，他夢遊了嗎？

連著幾天都夢見發生事情的場景，熊熊大火吞噬了一切，多少次都夢見他拉著同學離開火場，夢過好幾次他及時提了滅火器救火，但終究是一場夢，最後他就是在火場裡，看著所有付之一炬。

只是，他默默的用指甲掐了自己的皮肉——唔，好！這不是夢！他居然夢遊了！

而且回到這燒毀的廢墟是爲什麼？是潛意識所爲，還是……汗毛直豎，他不敢再照向那條走廊，他怕，他眞的怕，如果有同學衝出來的話他該怎麼辦？

汽車百貨的景象歷歷在目，擠成一團尖叫著求生的人疊在一起，最終也一起成了焦屍啊！

走！他不管怎麼來的，他必須——康晉翊一旋身，身後竟站了三個蒼白如紙的女孩！

「哇啊啊啊——」

「呀——」

燈光大亮，一堆手電筒的燈在牆上照著，簡子芸安撫著泣不成聲的女孩們，無奈的看著一樣嚇得不輕的康晉翊。

「三個同時都夢遊到這裡來，說巧合我死也不信。」童胤恒打開機車車廂裡常備的強力大手電筒，放在合適的位子好照亮地下室。

汪聿芃的三個大難不死同學們，同時都夢遊到這裡，事實上在康晉翊尖叫前，她們都還在夢鄉中，當然並不是甜美夢鄉，她們與康晉翊一樣，在意外發生僥幸逃過後，便是夜夜輾轉難眠的惡夢。

正值惡夢之際，康晉翊一回頭瞧見翻白眼的她們嚇得大叫，這一叫反而也嚇得三個女生驚醒，然後就是一連串的尖叫，等到康晉翊先穩定情緒後，女孩們已經嚇得歇斯底里。

於是，他只能打給夥伴們了。

「能走到這裡很厲害耶……」汪聿芃拿著手機在廢墟裡照著，「這裡離學校也有段距離咧。」

康晉翊喝著簡子芸買來的運動飲料，眼神一直疑惑的打量著童胤恒，「喂，你們的臉怎麼了？」

童子軍一進來他就看見了，臉上有瘀青，妙的是連汪聿芃臉頰上都有傷。

「別說了，你以爲我們怎麼這麼快過來？因爲到剛剛爲止我們都在一起——也才剛從警局出來而已！」簡子芸沒好氣的用下巴指向那兩個正用手電筒梭巡殘骸的人，「他們在地鐵裡跟保全大打出手，弄到警局，問半天又說不所以然，幸好章警官來幫我們解危。」

「跟保全大打出手？」康晉翊有點不可思議，「誰起的頭？童子軍跟汪聿芃不會吧？」

童胤恒會叫童子軍除了姓氏外，他本身也是童子軍性格的人，一般不會隨便與人起爭執啊。至於汪聿芃她只有白目時會被人瞪，打架這種事不該扯到她身上。

「她。」童胤恒沒有遲疑指向汪聿芃，「她在月台上沒命狂奔，你們不知道

她跑得多快，還跑在警戒線跟月台邊邊那一小條走道上，無視於吹哨，然後就被制止了。」

「問她爲什麼跑，汪聿芃一直說她就是想跑跑看，又沒規定月台上不能奔跑。」簡子芸很無奈，「這有規定好嗎！後來是因爲保全制止時用警棍鎖喉，小蛙覺得太粗魯，不爽就上前揍人推擠……」

然後，簡子芸雙手一攤，後面的事她不需要多說了。

「妳跑什麼？」康晉翊一點都不覺得她只是想跑跑看，雖然汪聿芃想法很奇怪，但不至於這麼沒理由，「有什麼不能說的嗎？」

「在那邊不能說啊！」汪聿芃的音調倒是輕快，在廢墟裡迴盪著，「我是追著列車跑的！」

「那時沒列車，而且她跑的方向跟進站車子根本反方向……」童胤恒深吸了一口氣，「我到現在還難以接受，我們都在那個月台上，可是爲什麼只有她看見？」

簡子芸狐疑的蹙眉，她到現在都還不知道原因，汪聿芃絕口不提，離開警局後，大家一起坐計程車回去，下車沒多久她接到康晉翊的求救電話，由於小蛙跟蔡志友掛彩不輕，因此簡子芸決定他們三個過來就好。

「我們之中也只有你聽得見幽靈船的聲音啊！」汪聿芃用跳的轉回來面對大家，眉開眼笑的，「我跟你們說，我看到夏天學長了！」

斷垣殘壁的KTV地下室裡依然迴盪她興奮的尾音——我看到夏天學長長長長……但是每個人腦袋一片空白，她說話平常就很跳了，今天講得更是誇張；一旁抽抽噎噎的三個女孩，根本什麼都聽不懂。

「我看見如月列車進站，車子沒有要停下的意思，就這樣急駛過站，對著月台的玻璃窗上都貼滿字條，我當然要往前衝才看得見啊！」汪聿芃堆滿笑容，「學長還站在中間的車門那邊，他手上也拿著一張大字報呢！」

所以童胤恒聽得到都市傳說的聲音眞的沒什麼的！因爲她偶爾在月台等車時，會看見如月列車經過呢！嘻！

康晉翊不得不跳了起來，震驚不已，前代「都市傳說社」的社長進入如月車站後再也沒有出來，成爲失蹤人口；但據說，他本身就成爲了傳說的一部分了，人就在如月列車上啊！

「學長出現……天哪！」康晉翊對於爲什麼夢遊到這裡的恐懼瞬間一掃而空，「妳看見了!?看見學長、還看見如月列車？」

「嗯，學長是故意的，他留了很多訊息給我，所以我必須跑……但很可惜，

我的速度還是沒列車快！」

「童子軍，你也看見了嗎？」簡子芸語調略帶激動。

「沒有，我們有看見就不會是這樣了，應該是傻在原地吧！」童胤恒也難掩羨慕，「車子這樣經過，就只有她看見而已。」

「夏天學長耶！天哪！」康晉翊握緊雙拳，「爲什麼只有汪聿芃都能看見？我完全沒見過他啊！」

噢，連簡子芸也都覺得心跳加速，她以前是高中生時，還遠遠見過夏天學長一次，那次她還是特地跑到大學去，想看看傳說中的「都市傳說社」社長耶！

「汪聿芃還上過如月列車，是因爲這樣才看得見嗎？」簡子芸眞是羨慕嫉妒恨啊，「我也好想去一趟，親眼看看那個車站……」

「爲什麼你們都能看見或聽到？」康晉翊抱著頭低吼著，「也太不公平了吧！」

「喂！我並沒有非常開心耶！」童胤恒覺得無奈，「第一次還好，第二次聽見時頭痛得跟什麼一樣，而且完全無法動啊！」

「可是你聽得見啊！」這一句，竟然是康晉翊跟簡子芸回過身異口同聲喊的。

好好好，他明白大家會加入「都市傳說社」，自然是對都市傳說有熱情，但眞的沒必要這麼熱血澎湃！他不知道汪聿芃的感覺，但至少他上次聽見聲音後，渾身都不對勁。

「所以學長留了什麼？」

「嗯……」汪聿芃歪了頭，話到這兒倒是多了幾分保守，一雙眼咕溜溜在同學跟康晉翊身上梭巡著，「這個喔！」

「快點！」童胤恒跟著催促。

「翻譯之後就是：」汪聿芃深呼吸，「這一次誰也逃不過，該上船的一個都逃不掉，而且妨礙的人也會一併剷除。」

咦？三個女孩微怔，緊緊抱在一起，康晉翊只是微歛起笑容，他這幾天已經有了心理準備，而童胤恒握指向自己，妨礙者？

「妳不要自己翻譯好不好？妳翻譯得一定很爛！」童胤恒一點都不想相信她說的，「妳直接說妳看見的好嗎！」

「就幽靈船這次不會放過逃票的人、以前放過，這次不會再放、犧牲再多人也一樣、然後知情者一併帶回，永絕後患！」她扳著指頭，「這意思很明顯，幽靈船不爽你們逃票，你們應該是要上船的人，以前它曾放過人，但不代表這次願意輕縱。」

「這是什麼意思？是說我們還是會死嗎？」王芊君果然無法接受，「我們就是沒在那間餐館裡啊！」

「那是因爲我把妳們拉出來！」汪聿芃認眞的看向她，「記得嗎？否則爆炸一瞬間自動門就卡住了，妳們就算離門口再近，也出不來！」

餐館門口那堆疊著的屍體，在破門時一具具令人鼻酸的滾出來，還有記者拍下來了。

「但妳就是救走我們了，不表示我們命不該絕嗎？」豆大的眼淚從曾依淑眼裡滾出，她不停抓著右手。

「那個時間點我們就是不會在店裡，這才註定的對吧？」蘇妍心也這麼哭著。

康晉翊理解她們的恐懼，但她們更該做的是面對現實。

「我是都市傳說社的社長，也是歡暢ＫＴＶ的存活者，火災前如果不是童胤恒打電話叫我離開地下室，我也是燒死在裡面的一員。」他沉穩的開口，「而一切都起因於童胤恒聽見幽靈船上的聲音，他告訴汪聿芃，汪聿芃才會衝去拉出妳們的。」

三個女孩恐懼的看向康晉翊、再看向童胤恒，有種他們在說故事的感覺。

「而且那天也是剛好汪聿芃在，如果是我，我只怕不但救不成妳們，自己也賠上一條命，因爲我根本不可能跑這麼快。」簡子芸實話實說，就算她反應很快的衝過去，就怕剛好在餐館門口，直接還被炸飛。

「妳們不覺得夢遊到這裡很奇怪嗎？」童胤恒看著慘白著臉色的女孩們，「妳們跟康晉翊都是……該上船的人吧。」

「不——不！我不信！」蘇妍心尖叫著，「這又不是拍電影，弄得我註死就逃不過一樣！幽靈船只是要一百條命啊！」

「爲什麼要指定人，它只是收齊一百條命就會走了不是嗎？」王芊君哽咽哭喊，「如果是這樣的話，隨便找個人……」

「啊就說以前會放過，現在不想了啊！」汪聿芃喃喃出聲，手電筒還在燻黑的牆上亂照，「雖然我不知道爲什麼，但感覺這次的幽靈船很有個性啊……」

呃，現在是稱讚幽靈船的時候嗎？這種有個性一點都不好啊！

「我不要！」曾依淑抱頭痛哭，「我是大難不死必有後福，我不相信那種怪力亂神之說！我……我很感激汪聿芃救我們出來，但我眞的不能信這種東西！」

「妳最好信，這就是都市傳說。」簡子芸冷冷的說著，「否則妳以爲汪聿芃怎麼能及時拖妳們出來？妳早該是疊在門口的那堆屍體之一了！」

「閉嘴！」蘇妍心掩耳尖叫，「我不要聽！我不要聽！」

康晉翊懶得解釋，他抹著如水瀑般滴下的汗，難受得抓著胸口，簡子芸看著他難看的臉色，看起來一點都不好。

「現在先不要想以後，放眼現在。」童胤恒望著腳下，「爲什麼妳們都會夢遊到這裡來？」

這片斷垣殘壁，處處焦黑，地下室的牆已被破壞，所以才能透進外頭的光，濕氣甚重是因爲救火時的灑水未乾，滿屋都是燒焦的氣味，曾經的吧檯已經是焦黑的木板塊，那條走廊還是存在，只是崩毀的天花板、電線、管路，以及扭曲破裂的木板牆片與門，已經讓這裡完全變了樣。

王芊君低首，「我一直……一直做惡夢。」

「我也是！」曾依淑驚恐的回應，「每天都夢見氣爆的事！」

「一堆人在自動門裡看著我，敲門要我幫他們把門打開！」蘇妍心附和，「但是我每次都打不開，看著他們在裡面被活活燒死……」

「我還會夢見我在裡面吃飯，汪聿芃站在窗外喊……」曾依淑看向左後方的汪聿芃，「叫我們出來……」

汪聿芃根本沒在聽她們說話，她背對著同學，手電筒照著一處全黑的牆面，嚴肅的皺眉。

童胤恒小心的閃過物品走到她身邊去，謹慎的拿著手電筒也四處照耀，然後與她照向同一個地方。

「妳怎麼了？這邊哪裡奇怪嗎？」她實在看太久了，他覺得一定有問題。

「對，你不覺得嗎？」汪聿芃晃著手電筒，「這裡應該要爛爛濕濕的，而且救過災的現場怎麼會……我不會講啦！」

這麼乾淨。

童胤恒知道她在說什麼，在強烈手電筒光的照耀下才更加清楚，火災現場的牆被燻黑是正常的，但是不該是「粉質」。

有一層灰覆在牆上，那一點都不像是灑水後的情況，像是一大堆焚燒的灰覆蓋在牆上一般，完全的不合理；而且這面牆往上的天花板沒有任何破損、沒有掉下的電線或是管路，像是一塊淨土。

或是，外力無法侵入的地方。

「牆上有灰燼，厚厚一層，特別乾淨。」童胤恒蹲下身子，由下往上照，「四周沒有任何被破壞的痕跡。」

康晉翊跟簡子芸都察覺到不對了，他們一起拿起手電筒在附近察看，如果按照汪聿芃的說法，附近有些牆面甚至是包廂的門板上，都有那種特別乾燥的地

方。

三個女孩只是嚇得不敢靠近牆壁，對她們而言，現在似乎是牆有問題。

汪聿芃凝視著那一大片牆，也懶得去猜，驀地上前舉高左手，冷不防的就直接抹開牆面！

「汪聿芃！」童胤恒跳了起來，她能不能行動力不要這麼強啊！

小小的手在黑灰上抹出一道白，那底色讓康晉翊心跳漏了好幾拍，就算牆面被灰覆蓋好了，底色也不可能那麼乾淨啊！這是火災現場啊！

被汪聿芃抹開的地方明顯的有圖案，童胤恒跟著上前幫忙，簡子芸轉身跳過廢木塊就到最近的一扇包廂門口去抹除灰燼，不管黑灰四散，屏息也要把灰給抹開……

最大的圖案來自於汪聿芃努力抹開的牆面，兩個人努力的將蓋住的黑灰全數抹去，露出牆面的圖案卻令人震驚。

圓型的圖騰，中間以特殊紋路構成的羊頭。

羊頭，與幽靈船首一模一樣！

圖案清晰到令人發寒，這種被火燒過的牆面，怎麼會留下這麼清楚的圖案？

簡子芸微顫的手也停下，她抹除的門板上，也出現一模一樣的圖騰，只是大小有

異罷了，門板上的圖騰像是被烙上一般深刻，指腹輕撫，還可以感受到凹凸。

「啊啊……啊啊——」王芊君看著牆痛苦的尖叫，「那是什麼!?」

她哭喪著臉，不敢相信那牆上巨大的圖騰，顫抖的看著自己抓紅的左手背，身邊的蘇妍心潛意識的撫上自己的額畔。

汪聿芃圓睜雙眼，二話不說回頭衝到王芊君身旁，直接抓起她的手端詳——那被她抓到滲血的手背上，浮現的是一樣的圖案！

「不……不可能……」蘇妍心搖頭，「巧合，這是巧合……」

另一側曾依淑臉色刷白，兩眼發直得難以言語。

「一樣嗎？」童胤恒也湊近看了，雖然沒有像刺青一樣清楚，但隱約的可以看出那個圖案，「這是什麼時候浮現的？」

「我不知道道……不知道！」王芊君崩潰的哭喊著，「汪聿芃，這是什麼東西!?爲什麼會有這些圖案!?我的手上爲什麼會有!?」

她瘋狂的搖著汪聿芃，但搖再多汪聿芃也回答不出來啊！

簡子芸戰戰兢兢的向右看向緊皺眉頭的康晉翊，他正潛意識的抓著自己的胸口，從什麼時候開始，他就一直發癢呢？

火災之後？

喀噠。

簡子芸倏地正首，她眼前的門裡竟傳出了聲音。

扭曲的木板門是無法關上，大概十公分寬的門縫裡傳來熱風，接著一根接著一根焦黑的手指，從裡頭緩緩的伸出，攀在了門緣。

「……」簡子芸嚇得立即後退，「我們……我們該走了！」

不只簡子芸看見異狀，事實上這整間地下室溫度急遽升高，童胤恒抓著手電筒跳到中間往走廊裡照，裡面傳來紛亂腳步聲！

「那是什麼……有誰在!?」蘇妍心尖叫著問。

「別問了！走——走！」汪聿芃推了她們回身，「快上去！」

餘音未落，各扇頹圮的門內衝出了燃火的人們，所有牆面都傳來了巨大的搥牆聲——『好燙啊！放我出去！』

「上樓！」童胤恒大喊著，彎身拾起大型手電筒。

協助拉過踉蹌的簡子芸往樓上推，她回頭看向康晉翊，卻發現他沒有移動！

「康晉翊！」

衝出了好幾個烈燄焚身的學生，他們爭先恐後，目標一致的衝向了康晉翊！

『爲什麼你沒上船？』長髮的小綾首當其衝，尖吼著質問他。

『你爲什麼不救我們？爲什麼不跟我們說？』林賢州手裡還拿著麥克風，『我們就在這裡啊，你進來喊一聲就好了啊！』

『康晉翊！』同學們對著他哭喊著，四肢在大火燒灼中萎縮，『我好痛啊！好熱啊啊啊——』

他……不知道事情會發展成這樣啊！康晉翊瞪大眼睛，如果他知道那場大火會讓所有人葬生火窟，他怎麼可能不救同學！

火燒掉了小綾曾引以爲傲的長髮，她幾乎是撲向康晉翊，但是他卻一動也不動……他動不了啊！

看著同學從正常的模樣逐漸燒成焦屍，乾裂的皮膚、爆出的眼球、燒乾的模樣，他甚至聽得見火燒肉那油脂的劈啪聲響，鼻間聞得到焦臭的氣味……他怎麼動得了！他們在責怪他啊！

「康晉翊！」童胤恒直接拿大手電筒朝小綾的頭砸過去，「不要被他們騙了！」

『啊啊——』跟在汽車百貨不一樣，小綾沒有變成碎碳，而是外層焦化的皮膚剝離，裡面出現了燒紅的骨頭、噴出的紅血一下就蒸發了。

汪聿芃跑來扯過康晉翊的手，同時看著從他身後尖叫著逃出來的人們，只能來一個踢一個。

「滾開啦！」她不敢用手，因爲不確定他們身上的火會不會燙！

至少她穿著布鞋跟牛仔褲，著火了還可以撥一下！

童胤恒手長腳長，揮著大手電筒到處砸，這些都已經是離世的人了，只是殘餘的亡魂仍舊深陷火場罷了……更或者，是都市傳說的心機也不一定！

他們兩人就這麼一個拽拉著康晉翊、另一個在後面推著順便斷後，狼狽的跑到了唯一的樓梯。

樓梯上自然也雜物處處，得小心左右閃避跳躍才不會跌倒，童胤恒緊張的回頭，卻發現在地下室被燒死的人們無法通過那扇逃生門，他們抓狂、痛苦的全擠在門邊，層層疊疊的發出令人難受的慘叫聲。

火紅一片，那門口就只見到火舌豔豔，童胤恒正首後不再多看一眼，只顧推著康晉翊趕緊離開地下室的廢墟，一路衝到了馬路外。

在一樓外時簡子芸便趕緊接應，緊張的探視朋友們身上有沒有事，汪聿芃不覺得燙，只是腳上明顯沾上了灰，其他並無大礙。

「我不是故意的！我沒有想到會發生火災的！」康晉翊驀地爆發，「我不可能把他們放在那邊等死的！」

簡子芸嚇了一跳，沒料到康晉翊會突然失控。

「誰怪你了？沒人有資格怪你！」她倒比他氣忿，「當時誰會知道失火？就連聽得見都市傳說的童胤恒也只能叫你離開地下室而已，他連會發生什麼事都不知道！」

「他們在怪我啊！妳聽不見！小綾問我為什麼不叫他們跑，我離包廂只有十步的距離而已！」康晉翊抱著頭怒吼，「我自己知道，我在樓梯上看見火星時，我只要跑回去……」

「來不及的，你幹嘛自欺欺人！」汪聿芃沒有猶豫的打斷他的怒吼，「你的包廂靠近T型走廊，離自助吧十公尺吧，你看到火星，還得立刻確定一定會失火，再跑進去一定來不及，因為你同學還會笑著說你神經病，開什麼玩笑，等你認眞表示事態嚴重時，外面已經滿佈濃煙了。」

汪聿芃清楚條理的分析，簡單來說就是「你同學一定會死」。

「沒試怎麼知道，我連嘗試都沒有啊！」康晉翊滿佈血絲的眼盈滿淚水，「他們知道，我甚至可以打電話告訴他們——」

「你那時正在跟我講電話，根本不可能打給他們……你也沒有那個即時反應可以打給他們。」

那片混亂童胤恒在手機另一頭清清楚楚，慌亂的救火，有人拉著他離開，緊接著大廳尖叫聲此起彼落，他不是連蛋糕什麼時候被擠掉都不知道嗎！後來根本連正在與他通話的事都忘得一乾二淨了！

「不要管他們，我不認為下面那些是你同學……」簡子芸緊掐住康晉翊臂膀，「就算是，他們只是無法接受自己意外身故，但這根本不關你的事。」

「是啊。」汪聿芃斬釘截鐵的，「既然是幽靈船要收的命，你去救也無濟於事不是嗎？別忘了你本來也應該是上船的人！」

喝！這句話再度讓康晉翊心跳緊窒，對啊……他應該也是要上船的人，所以地下室裡的人，命本該絕……

簡子芸憂心的看著他，突然將康晉翊扳了正。

「對不起。」她嚴肅的蹙眉，莫名其妙說了這一句。

下一秒直接將康晉翊的T恤整件向上拉！

「咦？」康晉翊措手不及，完全不知道簡子芸為什麼要這樣！

康晉翊清瘦但是精壯，但是不太曬太陽有些白斬雞的膚色，正因為膚色太白，所以才顯得他胸口那紅腫的圖騰更加明顯。

比王芊君的更加顯眼，就是牆上的圖案！

「一樣耶……」汪聿芃也走到他面前瞠目結舌，「你一直抓癢是因爲它嗎？」

康晉翊吃驚的低頭看著胸前的圖案，看起來他根本不知道自己胸口有圖案！

「不不不！」王芊君瞧得一清二楚，「這太詭異了，我不想跟你們再扯上關係了！」

「王芊君？」蘇妍心錯愕的看著跑離的王芊君，「妳做什麼？小芊！」

「我們暫時不要見面了！我不想再聽到有關什麼都市傳說的事！」王芊君慌亂的跨上機車。

「王芊君！喂！那我的車耶！」汪聿芃緊張的跑上前！

「妳再到我家牽啦！」

汪聿芃的鑰匙是插在機車上的，安全帽也是掛在前面，但是王芊君根本只顧著發車，直接就騎走了。

「王芊君——」汪聿芃氣急敗壞的追了出去，「那我才買的新車，是可以這樣的嗎？我沒說要讓妳騎——」

刺眼的兩道燈光直射入汪聿芃的雙眼，她潛意識的閉上眼別過頭，耳邊傳來低沉但巨大的喇叭聲——叭！

碜！

煞車聲之前，他們聽見了令人心驚的撞擊聲。

一條生命的殞落，就這麼砰磅一聲，沒了。

「啊啊——呀——」蘇妍心與曾依淑歇斯底里的驚叫，幾乎響徹了整條街道。

簡子芸第一時間衝出騎樓，來到馬路上，今晚雲層甚厚，但是她依然來得及捕捉到雲裡最後的殘影。

破帆迎風，遮星蓋月。

『上船囉——』

第七章
不再放過

雖說這一帶是鬧區，但是歡暢ＫＴＶ恰好位在鬧區邊緣的寬大路旁，這兒在深夜時偶有大型車經過，砂石車、水泥預拌車等等，由於半夜罕有人煙，走這條路既快速又是捷徑，因此越晚大型車越多，也沒有人預料會有一台機車冷不防逆向衝出。

現在還在路上的人多半都是從其他ＫＴＶ出來的民眾、寥寥無幾的學生，第一時間大家都試著上前協助，砂石車司機下車掩面痛哭，別論有沒有看到，就算看見了也根本來不及，因爲是機車逆向突然轉彎衝撞上來的！

蘇研心與曾依淑癱軟在地的放聲大哭，一晚上的訊息多到讓她們難以承受，簡子芸待在原地陪伴她們，汪聿芃跟童胤恒自然第一時間就往前了。

看著自己才入手的新機車變成一塊廢鐵卡在輪子底下，汪聿芃也不知道能說什麼，警方正努力的要把捲在輪子裡那扭曲的身體弄出來，站在遠處看過去，只能瞧見王芊君纖細的左手腕，露出在輪子上方。

左手背向著他們，那圖案比剛剛更爲清晰。

「唉。」童胤恒右手邊的康晉翊輕嘆一口氣，按著自己發癢的胸口。

「那是印記吧。」童胤恒看向康晉翊，「發生的地點、擁有船票的人，只要跟幽靈船有關的都會有印記。」

「的確是事件後開始才覺得癢，原來我們身上都有印記嗎！」康晉翊輕笑著，「我同學們是因爲燒成那樣，也難以見識到記號了。」

「明天去餐館看看吧！」汪聿芃回眸看向歡暢KTV殘骸那兒的同學，「我想看看那邊是不是眞的也有印記……我回去看蘇妍心她們！」

這裡他們誰也幫不上忙，等等從輪胎裡搬出的屍體該是怎麼的慘不忍睹大家都明白，更知道王芊君早已死於非命。

汪聿芃小跑步回到騎樓邊，兩個同學分別坐在簡子芸跟童胤恒的機車上，白著臉哭個不停。

「記號呢？」汪聿芃完全沒有鋪陳，一來就問。

蘇妍心抿著唇，掀開飄逸長髮，在受傷的頰旁有一處硬幣大小的紅腫過敏，的確已經隱約看到圖騰；曾依淑撩起短袖衣服，就在右臂上方，還跟小時候打的疫苗疤痕同一塊地方。

「我也只是覺得很癢而已，今晚之前沒這麼清楚……」曾依淑泣不成聲，「王芊君是一直抓，我只覺得腫……沒看出……爲什麼會有圖案？」

「幽靈船選中的人或地或物吧，燒毀的KTV牆上都能有圖案了，這太明顯了。」康晉翊口吻倒是泰然，「我們都是被選中的，幽靈船船票上有我們的名字，只怕難以逃脫。」

「才不是！」蘇妍心掩起雙耳，「不是這樣的，我們是命不該絕命不該絕……」

汪聿芃遠望著車禍現場，「原來不限於火災啊……」

幽靈船收集一百條命，的確沒有限制什麼形式。

「所以九十七了。」簡子芸計算著，「我還是希望大家小心，能待在安全的地方就……」

「我不想讓別人代替我上船。」康晉翊打斷了簡子芸的勸說，「躲著不是我的做風，今天讓我在安全的地方躲著，然後讓某個不知情的人代替我上去嗎？」

簡子芸嚴肅的凝視著他，「他不知情。」

「但我知道，我騙不了自己的心！」康晉翊搖了搖頭，「我不想餘生動不動就會想起，年輕時刻意閃避危險，讓一個無辜的人代替我死亡。」

「說不定對方也壽命已盡呢？差別只是在於有沒有上幽靈船而已！」簡子芸抱持不同的想法，「如果他本來就該死，只是順便上船，你需要愧疚什麼！」

「這只是在安慰自己罷了，這麼想好像就可以少點愧疚，說穿了一樣是自欺欺人。」康晉翊心裡是很複雜的，誰不想活！但用犧牲別人讓自己活下去，只怕

這輩子他再也快樂不起來。

簡子芸也不再勸說，她有自己的主意。

「警察等等會來問我們狀況，你們先載她們回去好了。」童胤恒交出鑰匙，「我跟汪聿芃留在這裡回答問題。」

「那你們怎麼回去？」康晉翊接過鑰匙。

「我跟章警官說了，到時問他能不能幫忙，再不然搭計程車回去就好了，沒關係的！」一晚上噴了一堆計程車費，汪聿芃無奈的看著自己的機車，「我的新車橫豎是報銷了。」

「那方面再跟王芊君的家屬談賠償吧！」童胤恒看著遠方又有警車到了，他們也該去說明了，「麻煩各位，騎車小心。」

「好！」簡子芸倒是很快的敲定行程，「明天找時間就去看美式餐館，在LINE上頭聯絡。」

曾依淑抹著淚戴上安全帽，「都市傳說社」的人都好積極，他們沒有人害怕、沒有人覺得心慌，而是討論著該怎麼進行下一步……其他人算了，但是那個康晉翊應該跟她們一樣，是倖存者啊！

「你不怕嗎？」曾依淑突然看著康晉翊問。

發動機車的康晉翊一怔，穩著機車讓蘇妍心上車，他苦笑著搖頭，「說不怕是騙人的，但是怕是沒有用的。」

「我不想跟小芊一樣……」蘇妍心抓著康晉翊的衣服，「你們有沒有辦法可避開這一切？」

「說實話，我們只能試著去尋找規則。」康晉翊感受著灼熱的胸膛，他們其實誰也沒把握。

跟都市傳說拼？到底誰能有把握？

兩台機車一前一後的離開，童胤恒跟汪聿芃則往事故現場走去，每每都麻煩章警官很不好意思，但是他卻是唯一最能理解都市傳說的警察了。

「妳還好嗎？」童胤恒這才有空關心她的情緒，畢竟出事的是她的同學啊。

「我機車沒了。」她語帶哀怨。

童胤恒失笑出聲，「妳就在意這個啊？」

「喂，沒機車很難出門啊！」她噘起嘴，廢鐵模樣是連修都不可能了。

「那就好，我怕妳會因爲同學的離世……」童胤恒語帶保留。

「啊？喔，還好，我跟她們不是很熟，裝模作樣我做不到。」汪聿芃自然的聳肩，「我比較同情司機，逆向衝出去的是王芊君，但是討生活的司機大哥卻要

負責厚！」

嗯……說得有理，尤其大車與小車，只怕大車司機得噴出不少錢。

「不然等等筆錄妳想怎麼說就怎麼說，這樣也好讓警方釐清肇事責任。」即使是小車出事，但犯規的卻是王芊君，責無旁貸。

章警官沒來，不過他託了可信任的一位林警官前來，警察正在現場堪驗，王芊君的三塊遺體都已經放上擔架，以白布蓋起，抬上了救護車。

「你沒聽見嗎？」

汪聿芃看著關上門的救護車門時，幽幽的問。

「什麼？」童胤恒蹙眉，一時緊張的抬頭向上看。

「王芊君衝出去的時候，」她認眞的望著他，「船上沒有聲音嗎？」

童胤恒瞬間瞪圓雙眼，倒抽一口氣——沒有！

對啊，這次幽靈船的停泊與收人命，怎麼完全都沒有口令了，他沒聽見任何聲音啊！

「是啊，至少停船時我該聽見的對吧？如果它要收王芊君……它就是來收王芊君的啊！」童胤恒緊張的抬首看天，「簡子芸也看見船了，我怎麼會……」

「被發現了。」汪聿芃噘起嘴，「妨礙者一併剪除，夏天學長說了，我想幽靈船感覺到你聽見了吧！」

「可是……我最後還是有聽見一句話啊！」童胤恒暗暗握緊飽拳，突然一股無名火升起。

「咦？他們說什麼？」汪聿芃好好奇。

「上船囉，那是歡呼聲。」童胤恒凝重的闔上雙眼，就在王芊君被捲入輪子底下的瞬間。

那是一種語調高昂的興奮聲音，彷彿是「終於收到妳」的喜悅。

汪聿芃哼的一聲，「好討厭的船喔，那根本是挑釁！」

「嗄？」童胤恒錯愕了，只有他聽得見是挑釁誰啦？

「就是在跟你說啊——」汪聿芃還若有其事的清了清喉嚨，「你休想再聽見任何預知，但我會讓你聽到收走性命的歡呼喔！」

混帳！童胤恒雙拳握得更緊，還眞是挑釁！

「都市傳說社」馬不停蹄，簡子芸大膽的發布了有某位美式餐館倖存者昨夜依然被幽靈船收走的消息，湧進的謾罵更加嚴重，連校方都介入關切。而隔天童

胤恒跟康晉翊逮到空堂就先去氣爆的美式餐廳探查，結果完全不必進去，光是門口那扇扭曲的自動玻璃門上，就可以看見熟悉的圖騰。

童胤恒跟汪聿芃均向警方解釋了圖騰事件，林警官帶了人親自下去看，不過詭異的情況就在都市傳說社員眼前上演：童胤恒指著那清晰的圖騰說著，但警察們看見的只是一片燻黑的牆面。

所以不是每個人都能看得見都市傳說。

小蛙跟蔡志友還沒去見識過，但他們都很忙，那天在地鐵與保全打架爭執中，小蛙義薄雲天所以打得很激烈，身上掛彩處處，真的如果不是章警官介入調停，他完全不想退讓。

至於蔡志友，他則負責聯繫相關的倖存者，不限於這次大火，不過搗亂者眾，都要聽他們講述過程後，再由大家判斷是否符合「倖存者」的概念。

康晉翊這週不再躲藏，照常上課，社團也繼續運作，怕事的社員們幾乎都不敢出現。蘇妍心跟曾依淑倒是直接請假，每天都會打給汪聿芃問她狀況，她都已經有點煩了。

「好像只找到僅僅六個倖存者。」童胤恒將貼在社團外牆辱罵的字條一張張撕下，「康晉翊、蘇妍心、曾依淑、王芊君，還有另外兩個人。不過現在再少了一個。」

都市傳說社團外牆，被人噴漆又貼上了一堆辱罵的字條，康晉翊絲毫不以爲意，汪聿芃則在那邊把殘膠給刮下；門縫也被上了三秒膠，蔡志友一腳踹開，大門直接不必喇叭鎖了，倒也方便。

「蔡志友去見過其中一個了，還有另外一個聽說只想用電話，不想見面。」汪聿芃邊說邊笑，「這也是聰明厚，如果倖存者一起見面，那不是剛好可以一網打盡！」

船直接開來就好了啊！

「要收命也不是這麼容易吧？」童胤恒現在提起幽靈船心裡又有些不爽，「我們可以找個安全地方，這樣要怎麼發生意外！」

「也對！」汪聿芃看著社團外的五顏六色，其實還挺好看的。噴漆他們沒打算清洗，反正今天清理乾淨，明天還是會有人噴，何必多此一舉！

「你們這些人就是唯恐天下不亂！」

有人路過社團外面時，惡狠狠的放話，汪聿芃跟童胤恒同時回頭看著一對情人，他們的眼神眞是極其嫌惡。

「什麼亂不亂的，火不是我們放的，氣爆也不是我們炸的啊！」汪聿芃超認眞的回身對著他們說明，「幽靈船就是幽靈船，我們是都市傳說社，喜歡都市傳說、描述都市傳說天經地義呢！」

「有沒有搞錯，你們怎麼這麼不要臉！大家現在因爲你們的言論都不知道怎麼過日子了，到哪裡都恐懼害怕，就怕發生事故——」

「所以呢？都市傳說並不會因爲你們的恐懼不繼續啊！都市傳說裡的幽靈船就是要收滿一百條人命才要走，又不是我們在收。」汪聿芃兩手一攤，「我們只是描述幽靈船的都市傳說，順便還告訴大家說不定有機會逃生呢！如果註定會上船的話，你再怎麼躲也沒用啊！」

「喂，妳腦子是裝屎嗎？到底有沒有搞懂我們的意思？不管怎麼樣，你們就是在製造恐慌！」男朋友氣急敗壞。

「是噢……」汪聿芃很認眞的打量著他，「那你膽子還眞小耶！這樣子就恐慌的話，你其實不應該出門喔！你知道幽靈船製造的不一定火災喔，什麼意外都有可能喔！」

「欸！」男友被嗆，女友可心疼了，「還說你們不是在製造恐懼！」

「沒有人在製造恐懼，我們只是實話實說。」童胤恒上前擋在汪聿芃面前，

「這是眞實的都市傳說，跟當年裂嘴女到處割小孩喉嚨時一樣，別以爲遮上眼睛，就可以看不見。」

「神經病——」說不過人，最後只能做人身攻擊。

情人們怒氣沖沖拿出手機想要繼續吵，然後點選直播，但這時社團內一聲巨響，小蛙一臉厭世臉的直接走了出來。

小蛙原本就特立獨行，剛用髮蠟梳了個龐克頭，染上深綠色，一臉凶神惡煞，現在手上拿著美工刀在那兒收進收出，眼神冰冷的瞪著拿著手機的情侶瞧，他身後跟著人高馬大的蔡志友，一支球棒扛在肩頭，威脅之情溢於言表。

「現在是在找碴嗎？」小蛙惡狠狠的瞪著拿著手機的女生，「錄啊，妳錄！到我們社團來找碴還敢嗆聲，這裡是都市傳說社有沒有搞錯啊！都市傳說社不談都市傳說談微積分嗎！幹！」

「我還寧願談都市傳說……」蔡志友這句話發自肺腑。

「請問有什麼事嗎？」康晉翊跟著步出，簡子芸比情侶還快的舉著手機。

人數懸殊，情人們撇撇嘴，弱弱的多罵了幾句便匆匆離開。

「大家眞閒。」康晉翊笑著搖頭，「好像幽靈船是我們帶來的一樣。」

「人類就是這樣無知啊！」汪聿芃也聳了聳肩，「而且吃飽沒事做吧，這樣

跟著罵一罵好像就可以比較勇敢呢！」

簡子芸上前拿過童胤恒手上收集的咒罵紙張，「說得也是！如果罵一罵就能沒事那該多好。」

「我才不想去想那些，我啊，還不如準備一下身上的東西，上幽靈船後可以用的！」康晉翊最近非常積極準備「幽靈船背包」。

「你眞以爲你可以跟夏天學長一樣喔！」簡子芸嘖了一聲。

「欸，你可不可以傳照片回來啊？」小蛙趕緊嚷嚷，「沒人看過幽靈船上長怎樣啊！」

「最好可以啦！」康晉翊轉身進入社團，雖然他行動電源什麼都備齊了。

一群人無視於外面大家的異樣眼光，說說笑笑的進入社團，隔壁的熱舞社跟演辯社倒是沒有太大的反彈，並不是每個人都喜歡跟風罵人，舒解平時的怨氣壓力、或是一種見獵心喜的心態。

因爲在現實社會中無法盡情傷害人，所以一旦有機會攻擊又不必負責時，每個人都想在網路上嘗試殺人的快感。

簡子芸總是會悄悄的偷瞄康晉翊，她早就跟汪聿芃表明過她的意思，不管康晉翊怎麼想，他盡管正常過日子，但她也可以極力的避免他遇到危險。

只剩三個人，幽靈船的一百條命收集完畢船就會走了，這是最快最直接的方式。

可以說她自私，她無所謂，不管誰被帶走，她只要想成那個人命中註定，差別只是在於被幽靈船收或是不收罷了。

「另外的倖存者是怎麼回事？」童胤好奇的問蔡志友，他才剛聯繫完。

「都是很難解釋的逃生，康晉翊說感覺也不尋常。」蔡志友一開始並非熱愛都市傳說之人，所以判斷的部分都是交給康晉翊跟簡子芸。

「不願見面那個叫劉克尚，他說叫他阿尚就好，非常神祕，只是說他過去遭遇過火災，死裡逃生活著是僥倖，可也受了不小的傷……」簡子芸對這位倖存者也很無奈，「他符合我們提出的線索，事發時感受到明顯的地震。」

「如果是這樣，那個人的感受性比我強，我要貼著牆壁才能感受，他卻覺得整個地方都在地震。」康晉翊認定對方一定是感受到幽靈船了。

「哇……好奇妙喔！」汪聿芃下意識抬頭，「幽靈船是停在哪裡呢？下錨時，錨能勾在哪邊呢？爲什麼整棟建築物都爲之震動？眞想感受一下……」

小蛙不由得皺起眉，「那感受到的時候記得先跑啊！」

「很少會跑的，現在多少人感受到地震第一件事是先發文！」童胤恒萬分無

奈，「就算是康晉翊，當初感受到時也呆在原地吧！」

康晉翊深表同意，「我只是覺得很奇怪，根本沒想那麼多！」

「還是聽見比較實際！」汪聿芃認眞的看著童胤恒。

「謝謝喔……」提起聽見這件事，又勾起了他內心深處的不快。

「這位阿尙防心很重，明顯明確的數字只有提到四年前的意外，事發當晚他聽見窗外有繩索聲，因而在睡夢中驚醒，那是一種多條繩子打到牆壁的聲音。」提起這件事，蔡志友就有點嚴肅，「然後他開窗，還眞的看到繩子。」

童胤恒哇了聲，「這種情況不是應該關窗躲起來嗎？」

「是啊，我也這樣問，不是躲在被子裡就是床底，再不然就是覺得自己做夢吧！」蔡志友一擊掌，「結果他因爲好奇跑出去想叫室友，才發現了濃煙！」

「繩索！」汪聿芃哎呀的笑了起來，「是不是跟海盜船一樣，一堆海盜會帶繩索垂降啊？」

所有人不約而同的看向她。

姑且不論幽靈船被稱爲海盜船人家會不會不爽啦，啊垂降下來要幹嘛？打劫嗎？都燒成灰了打什麼劫！

「妳知道那些是火災嗎？」蔡志友很爲難的看著她，「要搶好像也沒地方搶。」

「我看她是在等傑克船長啦！」小蛙噗哧的說著。

哼！汪聿芃高昂起頭，「傑克船長很帥啊！」

「好，很帥很帥！」簡子芸笑了起來，「這一個我們也覺得不管他是幻覺還是眞的感受到什麼，說不定也是跟幽靈船有關，才把他列進去！他本身自己認定爲幽靈船，畢竟接連遇到兩次火警還倖存，可是相當神經質，極端注意人身安全，不僅不願意細談，也不願意跟我們見面。」

「很謹愼的人啊，很怕幽靈船努力不屑吧！」童胤恒略微思考著，「但是夏天學長不是說了，以前放過，這次不會……說不定那些是以前放的。」

「那爲什麼這次這麼執著？」小蛙聽了就不爽，「一百條就一百條，指定的感覺超差的。」

「不管哪個感覺都很差好嗎！」當事者的康晉翊最爲無奈，「我還想好好活下……」

話說到一半，面對門口的康晉翊突然愣了住。

他視線拉直的看著門外，所有人即刻警備的向門看去，汪聿芃甚至抓起她的水壺，萬一有人來找碴她可以先扔水壺，童胤恒直接站起往門口去，門邊站著一個中等身材的男子，有點尷尬的看著他們。

「那個……」他看了一下外面被噴滿髒話的牆，「都市傳說社？」

「是，請問有什麼事嗎？」蔡志友最扯，他是拿著球棒往外走，「親切」的問候別人的。

「哇……我……」男子果然看著那球棒，有點猶豫是不是要說明來意。

「天哪——」

爆吼聲來自於簡子芸身邊的康晉翊，以對著門口來說，他是坐在茶几另一端的，只見他一躍而起，直接掠過小蛙，推開蔡志友，筆直就衝到了門邊，抓起那男子的手。

「你居然還活著！」下一秒，康晉翊激動的擁抱住對方，對方直接僵化，「你居然還活著！」

對方錯愕，完全不知道該怎麼辦，眼珠子往裡頭其他人瞟，求救訊息超明顯的。

汪聿芃看向簡子芸，她立刻搖頭，「我不認識啊。」

「康晉翊……康晉翊！」童胤恒連忙上前拉開他，「你太激動了，嚇到客人了！」

康晉翊根本聽不進去，好不容易才鬆開手，卻依然箝著對方的手臂，一抬頭便是淚眼汪汪。

「你眞的活著……太好！太好了……」他低泣起來，男子更加不知所措。

「啊！」汪聿芃右拳往左掌上一擊，「你男朋友喔！恭喜復合！」

「不是！」來者吼得比康晉翊本尊還大聲！

簡子芸忍俊不住的笑出聲來，這是怎麼聯想的啦，想像出有男友就算了，還有復合橋段喔！

「你記得我嗎？」康晉翊正首繼續亢奮，「那天是我請你幫我拿蛋糕的。你跟我說蛋糕在樓上，我在樓梯間等了一會兒，你拿到蛋糕後發現有濃煙，就直接把蛋糕塞給我，再推我上樓！」

咦？童胤恒突然驚異的看向男子，這麼說來，是當時在電話裡的另一個聲音！

男子看著康晉翊，終於喔了好大一聲！「啊！對！對對！對！就是你！我去拿蛋糕後下樓，結果裡面有煙，我就叫你先上樓了！」

「是啊，是啊！我以爲你們全部都……」康晉翊激動異常，「我還記得你的名牌，你叫彥海！李彥海！」

李彥海靦腆一笑，「對耶，你居然還記得！」

嗯？蔡志友立刻高舉球棒直接逼近李彥海，「你李彥海喔！」

欸欸……李彥海一看到球棒跟熊般壯碩的人出來，嚇得節節後退，是沒有必要這樣「歡迎」他吧！

「球棒球棒！」康晉翊回身連忙叫他把球棒放下，「你這是要揍人吧！」

「吧……」蔡志友趕緊把球棒映在身後，「李彥海啊，他是昨天才聯繫上的最後一個倖存者。也是歡暢ＫＴＶ裡事件中逃出的人喔！」

他還沒時間介紹到他咧！

聞者大多瞭然於胸，康晉翊趕緊拉了李彥海進入社團。

簡單介紹社員後，幾個路過的人往裡面丟瓶子，蔡志友抓起球棒立刻衝出去，汪聿芃看著咯咯笑了起來，直說他們快要變成黑社會了。

「所以你有感應到什麼嗎？」汪聿芃望著李彥海，好奇的問。

嗯？李彥海張大眼與她對視，眨了兩下往旁邊望去，「感應到……什麼？」

汪聿芃忍不住蹙起眉頭，困惑的往右手邊的簡子芸瞟去。

「他是最近事件的倖存者，蔡志友直接歸類沒問太多。」簡子芸沒接觸過李彥海，但也沒想到他竟是那天幫康晉翊拿蛋糕的服務生。

「我以為只有我活下來……我是根本沒在場，但是你進去了啊！」康晉翊依然難掩澎湃情緒，「你是怎麼逃出來的？我上樓回頭時，就已經看不見地下室的門了。」

「我推你上樓後直接衝進去，那時小白……就同事拿著滅火器要滅火，整個薑條台上全著火，結果他不會用，滅火器根本噴不出來，火燒得更大！」李彥海說話時會手舞足蹈的，「然後有女生一直尖叫，包廂的人跟著衝出，其他同事就回去安撫他們，我記得就近還有另一個滅火器可是根本看不見，所以我決定到外面去拿——樓梯那邊還有一個！」

樓梯間嗎？康晉翊很想回想，但實在想不起來，不過按照常理是應該有配置的。

「你出來就沒回去了對吧？」童胤恒想像那狀況，連滅火器都看不見，室內只怕已經被濃煙覆蓋了。

李彥海點點頭，「我拿著滅火器回頭時連燈都沒有了，其他同事衝下來拉著我往外跑，那時現場全黑，根本什麼都看不見……」

「我聽說服務人員都罹難，所以我以為……」康晉翊倒是覺得有些欣慰，「我一直在想，如果那時你不進去的話，說不定就不會死……」

「警察把我當成一樓以上的人吧，我們制服一樣，我也是跟大廳的同事一起出去的……」李彥海從容的拿起買來的飲料喝了一大口，「事情發生得太快，我們一票人就只能站在那邊，看著濃煙蓋住了入口……卻沒有火舌。」

「火在地下室燒著，根本瞧不見。」康晉翊淒苦的一笑，「我站在馬路對面等到滅火，都沒有看見火燄。」

李彥海垂下眼睫，輕嘆一口氣，「是啊……」

社團內的氣氛突然變得低迷，兩個火災倖存者都在回憶事發當時的悲慘，簡子芸立刻阻斷這悲傷的氛圍。

「那你後來有跟警方說明嗎？」因爲這位服務生的存在，變成其實看到最後的是他，不是康晉翊了。

「喔，有，我隔個兩天，冷靜之後有跑回去說。」李彥海挑了挑眉，「新聞沒報是因爲立刻就發生氣爆案，KTV的事就沒什麼新聞價值了。」

聽這論調就讓小蛙翻白眼，媒體才是眞的唯恐天下不亂吧！

「這樣說來，他並沒有……感應到什麼。」童胤恒巧妙的說著，「只是巧合。」

「但依然是倖存者，說不定船票也有他的名字。」蔡志友是這麼認定的。

「喂喂，等等等等，你們社團的ＦＢ我有上去看……這就是我今天跑來的原因。」他略深呼吸，「前天晚上車禍那個女生，是美式餐館的倖存者，然後你們現在認爲……該死的就是會死？」

喔喔，康晉翊立即看向簡子芸，「妳發了？」

「嗯，我沒寫死，我用臆測的方式，我連圖都畫上去了。」簡子芸這次超意外的無所畏懼，「我們追查到這兒，就該寫到這兒不是嗎！」

「哇靠，副社妳這次好威耶！」連蔡志友都覺得佩服，「今天門壞掉了，說不定明天來裡面就被砸了。」

「這才是都市傳說社啊！」簡子芸雙眼閃閃發光，「學長姊們怎麼傳下來的，我們就該怎麼做！我們不是要擾亂人心，我們只是陳述事實——」她驀地轉向李彥海，「是的，前天晚上意外身亡的女孩，是餐館倖存者，她出車禍時我們都在場，而且我看見了幽靈船。」

李彥海嚇得倒抽一口氣直接站起，「這……太扯了！照你們的說法，那我……還有你……」

他看向康晉翊，緊張得快說不出話。

「死的是我同學，我把她們從餐館中拉出來，救了一次，但救不了第二次。」

汪聿芃打量著他，「對了，你沒有做惡夢嗎？夢遊呢？」

那天晚上，連不是在歡暢ＫＴＶ活下來的蘇妍心她們都夢遊去了火災現場，爲什麼沒見到這個人？

「做惡夢？夢遊？」李彥海有些難以承受，「我不知道，我沒這些狀況啊！」

「怎麼……你沒有嗎？」小蛙看向康晉翊不解，「可是那天晚上，他們明明……」

『開工囉——』

「啊——」童胤恒突然抱頭大喝，整個人瞬間彎身腳軟，「痛！」

一旁的汪聿芃飛快的攙住他，他隻手也及時撐住桌面，腦子裡嗡嗡叫著，頭痛欲裂，聲音直接穿腦。

「這裡嗎？」小蛙跳了起來，直接往外衝，「幹！」

「幽靈船在這裡？」蔡志友也跟著往外衝，簡子芸選擇回身衝往裡頭辦公桌的桌子，抱起她跟康晉翊的筆電。

『下錨！』

「啊啊……」童胤恒痛得握拳，汪聿芃直接圈抱住他的身體，以防他就這樣往下摔。

他們在沙發與茶几間，這一摔鐵定受傷的！

「走啊！離開這裡！」簡子芸大吼著，指向李彥海，「出去！」

抓過背包的康晉翊遲疑兩秒，伸手往牆上一貼……沒有震動？

社團位在寬敞的開放式鐵皮屋，總共有三個出口，老實說要發生火災的話，很難會有人受困啊！他看向簡子芸搖搖頭，狀況不對。

「可能不是這裡，去看船有在上空嗎？」嘴上這麼說，康晉翊還是趕緊來到沙發邊，「我帶童子軍出去，汪聿芃妳先走。」

「我可以的。」她已經輕鬆的攙著童胤恒往外走了！

康晉翊趕緊繞到另一邊要協助攙扶，童胤恒全身都在發抖。

『聽得見吧？來不及的，距離你們很遠！』

靠，這是在對他說話嗎？童胤恒緩步被拖著往外，兩眼發直瞪著地板。

『路人甲不要多事。』那聲音笑著，『收——』

『收——』

「啊！」童胤恒瞬間拖著左右兩邊的同學往下倒，整個人單膝跪地，「不在這裡……不在我們這裡！」

「咦？」康晉翊嚇了一跳，外面奔回嚷嚷的小蛙。

「爲什麼我都沒看見幽靈船？」小蛙滿心不平，無視於整個鐵皮屋外所有被嚇到僵硬的學生，「我好想看一次喔！」

「都市傳說社」位在鐵皮屋區，有一大片空地，這會兒不是路過的學生就是在練舞的同學，當然也不乏演辯社來納涼的人們，剛剛蔡志友一聲「幽靈船在這裡嗎？」可讓所有人傾巢而出了！

簡子芸也跟著跑回來，「沒看見船啊！出事的應該不是在這裡！」

汪聿芃雙手圈著童胤恒的手臂，讓他撐著站起，他已經舒緩很多，只是輕揉著太陽穴，一身冷汗。

「不在這裡……很遠，一定有地方出事了！」童胤恒把手搭在圈著他的汪聿芃手上，「快看網路，有沒有即時新聞？」

蔡志友亦不甘心的奔回，社團外的學生依然恐懼的望著他們。

「看什麼啦！這邊沒有幽靈船，有的話會通知你們逃的！」他說得超級正義凜然，沒注意到一票學生臉色慘白，「喂，爲什麼我又沒看見！到底怎麼樣才能看見幽靈船啦？」

在門口的李彥海忍不住翻了白眼，「我不想再看見了！」

第八章 倖存者？

從未有人如此清楚的看見整艘幽靈船的模樣，船身的骨幹眞的全是骨頭，人總說船身爲龍骨，一點都沒錯，不一樣的是幽靈船的船首卻是個像惡魔羊首一般的首級，相當巨大。

整艘幽靈船都是以骨頭組成的，從船身到船桅無一不是，飛揚的帆帶著破裂頹廢風，想想也不是在海上無論如何都能航行對吧？而帆的質料似乎不那麼輕揚，眞不知道布還是皮？

因爲那天下午是晴空萬里的天氣，蔚藍色的天空沒有幾朵雲，才能有這麼清楚的船身。

每個人的目光都不是在新聞畫面，而是在上頭那片天空。

就在童胤恒聽見聲音的當下，遙遠的高速公路上發生了爆胎追撞事故，一台大型車爆胎，越過分隔島衝撞對向內側車道，造成十一台車的連環車禍，目前三死七傷。

死傷最重的倒不是首當其衝的那台，而是在連環追撞中，最中間的那台車。

整台車被前後包夾成廢鐵，車上三人當場死亡、一人重傷，白色的車身已經完全分不清楚前後，整台車甚至自側邊對折，就像一張對折的紙般。

網路發達，目擊的行車紀錄器很快的播放出來，一般民眾看見的是可怕的追

撞，塵土飛揚，而「都市傳說社」看見的是就停在上空那台令人驚嘆的幽靈船。

「好大……」小蛙目不轉睛，不知道重看幾遍了。

「不知道高度，但我算一下比例尺，就眞的跟一艘郵輪一樣大！」不愧是科學精神的蔡志友，桌上的紙畫了又畫，他一直在測試比例尺。

「船側的嘴是吸收生命用的嗎？」簡子芸托著腮凝視著，「它們一張一闔，像是在進食！」

「應該吧！我之前也看過類似的狀況。」美式餐館氣爆那天，童胤恒也是親眼看見奇怪的光影，「或許我們就只能看到這樣。」

「不要瞧得太清楚比較好。」康晉翊語重心長，「三條人命啊……」

「一百條了耶！」汪聿芃飛快做了結論，「幽靈船是不是這樣就會走了呢？」所有人不由得深呼吸，對，如果這是幽靈船的使命，傳說中，只要收滿一百人就會離開的。

康晉翊難受的拿起遙控器，把電視切換到新聞台，「如果是這樣，但終究有人因我而死……」

「康晉翊！」簡子芸不滿的唸叨著，「那是幽靈船的選擇。」

「是嗎？」汪聿芃可不以爲然，「我不覺得夏天學長會特地貼字條提醒我不必要的事情！」

既然說過不會放過該上船的人，又怎麼會另外挑三個人走呢？

「啊問題是滿一百了啊！」小蛙指向正在播的新聞，「看到沒有，三死八傷，兩命危。」

汪聿芃只是嘟起嘴，她盯著電視就是覺得不對勁。

新聞畫面是車禍現場的畫面，主播則剩下小小的一方格在左下。

『今天下午在高速公路發生的爆胎追撞事故，已經證實造成了三死八傷兩命危，而被夾在中間的小客車死傷最爲嚴重，車內四位乘客，僅剩一位正在搶救當中，其他均不幸罹難。』

『目前我們確認死者的身分應該是一家人，是夫妻與兒子去A大接女兒回家，死者是五十五歲的蘇長富、五十三歲的林阿春，十七歲的蘇言文，而唯一的女兒蘇妍心正在搶救中……』

咦？手上的遙控器差點滑落，康晋翊緩緩看向長沙發上的汪聿芃，剛剛新聞中唸的那個名字……有點熟悉。

「蘇妍心？」童胤恒緊皺起眉，「喂，是那個蘇妍心嗎？」

汪聿芃整個人都呆掉了，她目瞪口呆的看著新聞報導，照理說接下來記者會

挖出重傷者的祖宗八代啊！現在命危的女孩應該會再多做一則專題報導的，不管是孝順還是乖巧——

『唯一的女兒蘇妍心尚且在跟死神拔河，令人覺得欷歔的是，蘇妍心的同學指出，她上週才逃過美式餐館氣爆案，深受網路流傳的幽靈船傳說所擾，加上一起在氣爆案中逃生的好友竟在日前車禍身故，導致蘇妍心近日精神崩潰，所以才央求父母南下接她回家。』

畫面果然跳出了蘇妍心的照片，小蛙整個人都跳起來了。

「是她！那個女的——」他倒抽一口氣，張大嘴看向汪聿芃，「靠！只剩一個？」

「人還沒死咧！」童胤恒沒好氣的瞪向他，順手拉他坐下，不是都說還在加護病房嗎！

汪聿芃有點遲緩，她看向童胤恒，這才點頭，「對，是蘇妍心……」

「妳LAG太久了。」童胤恒在她四周望著，「妳手機呢？曾依淑沒打給妳？」

「手機……啊！」她趕緊從沙發上抓過包包，「我關靜音了！」

慌張的從包包裡撈出手機，果然是一串訊息跟數不完的未接來電，是曾依淑！

「快打給她！妳下課忘記開喔？」童胤恒催促著，現在剩下的同學應該慌到不行了吧！

簡子芸調低了音量，臉色僵硬，「幸好那個李彥海走了，不然萬一知道第二個女生也出事……」

「早晚會知道的，新聞都報成這樣了，而且妳不是會放在社團嗎！」康晉翊只是更加認眞看待這件事，「幽靈船果然很嚴謹啊……啊！我是不是應該多帶點零食上去？」

「船上不會有販賣部嗎？」汪聿芃雙眼晶亮，「說不定會只有幽靈船限定版的零食！」

「啊啊……那如月列車上有嗎？」康晉翊好奇極了。

「沒有，那是普通列車，不是歪國那種餐車！而且洋洋學長寫的如月車站也沒有販賣部！」汪聿芃看得最仔細的就是如月車站的都市傳說了。

童胤恒挑了眉，這兩位眞的很認眞。

「我看還是自備好了，我記得小靜學姐她在比奈鎮時，是不能吃那邊的東西的！」童胤恒跟著答腔，「你最好泡麵多帶幾包。」

「嗚，可是小靜學姐那是不得已才到那邊去的，但眞的上船的話是回不來的吧？」小蛙也加入討論，「要是吃了上面的食物才會變那邊的人，你不是應該早點吃、早點歸化嗎？」

「欸，萬一那邊沒我們的食物好吃怎麼辦？康晉翊，泡麵多帶一點，才是王道！」蔡志友幫忙想清單，「你要多帶瓶飲料放身上，至少可以喝幾天！」

簡子芸無奈的看向熱烈討論的大家，如果是她，還會帶著一瓶保溫瓶，裡面隨時放熱水，不然泡麵要怎麼泡開！只是……大家有沒有想錯方向了？如月車站是活人誤入，幽靈船收的是死人啊！

但康晉翊倒是很切實的這幾天都揹著背包出入，裡面放了他準備好登船的東西。

而她，能力範圍內她都盡量跟著康晉翊，不希望有發生意外的機會，只是沒想到，就在今天下午一場車禍，幽靈船結束了它的任務。

『剛剛我們接到一則最新消息，下午追撞車禍中，命危的女大生蘇妍心，在剛剛宣布搶救無效，正式死亡；由於她有加註器官捐贈，因此醫院也遵照她的遺願，將可用的器官捐出遺愛人間……』

正在討論要帶什麼上幽靈船的人們頓時停了下來，簡子芸手上的本子自膝蓋滑落，她不解的看著新聞跑馬燈，喉頭緊窒。

「一百……零一？」她吃力的站起，「怎麼會是一百零一個？」

童胤恒飛快的抓過遙控器換台，調高了音量，希望能聽得更清楚。

『……已經確定女大生死亡，個性活潑善良的她決定捐贈器官遺愛人間，截至目前爲止，下午的車禍死亡人數是四死八傷，還有一人仍在加護病房急救，而蘇家全家確定全數罹難。』

「不是一百條嗎？」連童胤恒都不敢相信，「幽靈船集滿一百條人命就會走的！」

「靠夭啊！現在是要加倍嗎？」小蛙抱著頭跳起，直接繞出茶几，「等等，還是這麼多人死，但是不代表有上船？」

蔡志友一驚，指著小蛙站起，「對對對，有理有理！因爲蘇妍心是在醫院死的，所以……」

「別騙自己了，就是一百零一條！」汪聿芃超不客氣的打斷，「幽靈船收一百條就走是誰傳出來的？當年眞的有收一百條嗎？」

「沒有，後來發生的重大火災加起來不到一百——但是，中間有什麼零星事故我們不知道，像王芊君那樣，一場車禍誰知道跟幽靈船有關！」康晉翊突然覺得有點難以呼吸的壓住胸口，「我胸口好燙！」

汪聿芃聞言，往前直接就要拉起他的衣服。

「喂喂！」簡子芸忙不迭的阻止她，「妳溫柔一點，這樣會把衣服拉壞的。」

「一看就知道沒脫過男生衣服，科科。」蔡志友賊賊的笑著。

汪聿芃不滿的回頭瞪他，「就沒脫過啊！」

「好啦！」童胤恒邊勸阻，卻是忍不住低笑，回頭看著蔡志友，這傢伙亂虧！

康晉翊自己拉開衣服，那印記變得更紅了。

童胤恒拿出相機拍照，眞是可怕的圖騰，烙在身上，象徵著像是一種你休想離開的樣子。

「現在倖存者剩下康晉翊、曾依淑、李彥海，還有那個阿尙。」童胤恒計算著，「阿尙不管的話，擺在眼前的就有三個。」

「不是一百條的話……那是幾條人命？」簡子芸擰起眉心，「難道我們要統計二十五年前的所有事故？」

「那是不可能的事，妳要從何統計起？」童胤恒也在苦惱，「對於幽靈船沒有過其他說法，會不會……這個都市傳說一開始就是錯誤的了？」

「既然是傳說，本來就很多不一定吧!?」小蛙一直在那邊低咒，「記得學長姊們經歷過的嗎？都市傳說本來只是個概論，每次都會因人事時地物發生變化！至少——千靜學姐回來前，也沒人知道比奈鎮是什麼樣子！」

康晉翊驀地劃上微笑，「是啊，在夏天學長失蹤前，我們也不會知道有機會能成為都市傳說的一份子！」

簡子芸略帶無奈的笑了起來，但至少緊繃的身子放鬆，「好！我懂了！我們不能被都市傳說限制！那好……現在已經超過一百，眼下還有疑似四位倖存者，如果都算進去的話是一百零五人！」

「只能走一步算一步了。」康晉翊看向她，「蘇妍心的事……」

「我立刻整理。」簡子芸微笑頷首，就要往社團內部的辦公桌去。

童胤恒趕緊起身，「我來吧，最近都是副社在整理……」

「沒關係，我很喜歡統整呢！」簡子芸從容坐在那可稱為辦公桌的桌邊，「整理都市傳說時，能讓我覺得跟都市傳說很親近。」

「我通知李彥海跟阿尚！」蔡志友沒忘記自己聯繫人的責任，「汪聿芃，妳打給曾依淑！」

小蛙有點錯愕，「喂，派點工作給我？」

「你就負責堵等等過來找麻煩的同學吧！」康晉翊心裡明白，蘇妍心的新聞

一出，只會更加混亂而已。

但如果到這個地步，一切不能再稱爲巧合了吧！

逃過美式餐館氣爆的女學生，只剩下一個人。

童胤恒回身想看有沒有可幫的，卻發現汪聿芃一個人呆站在原地，她沒有聯繫曾依淑，也沒有任何動作。

天線出了地球之外，不知道在跟哪個星球連線了。

「我覺得……怪怪的。」她以非常緩慢的動作向十點鐘方向看去，看著在外面講手機的蔡志友背影。

「嗯哼。」童胤恒已經習慣了，「怪什麼？」

「那個李彥海……我老覺得哪裡不對。」汪聿芃旋即歪了頭，眼神向上瞟著，「他用了『再』，好像不是第一次遇到幽靈船。」

童胤恒蹙眉，「什麼意思？」

「你頭痛時，他也突然停下了。」汪聿芃立刻做出模仿動作，顫了身子並僵硬，「這樣！」

童胤恒對汪聿芃的話認眞看待，她的思維不比常人，雖然怪但是快，也總是看到他看不見的東西！

回頭看向社團深處的辦公區，康晉翊跟簡子芸正在低語討論該怎麼寫才不會挑動罹難者家屬的敏感神經，外頭小蛙去幫蔡志友聯繫別的倖存者，沒有注意到他們在幹嘛。

童胤恒勾了手指，汪聿芃立即靠近。

「所以？」

「我就是覺得怪。」她認真的凝視他，「如果看見幽靈船的不只我們，會不會能聽見的也不是只有你一人？」

「有可能。」他手做成槍狀，朝汪聿芃一筆，「所以他說不定逃過不只一次——我查！妳有事要先做。」

童胤恒即刻從褲子後袋抓出手機孤狗，汪聿芃這才勉為其難的傳LINE給曾依淑，她根本不知道自己能做什麼，又不能保證她不死、也不能保護她啊，只是告訴她蘇妍心已死，自己多加留意。

要傳送時又有點猶豫，這種寫法曾依淑會不會更害怕啊……抬頭看向天花板，怎麼這麼難！

她現在想去思考別的事情，沒空理曾依淑啦！

隨便傳送出去，急著也孤狗李彥海的名字，偏偏這名字還有夠多的，隨便都

一大串，坐到童胤恒身邊想看他怎麼查，卻發現他眉間的紋越皺越深。

「你找到什麼嗎？我看到一串李彥海。」

「妳……」童胤恒瞥了一眼，「妳選FB幹嘛，你要用關鍵字，李彥海、逃生、倖存、火災之類的。」

「所以有嗎？」她探頭看他的手機。

「沒有，但是……」童胤恒手指滑動著，「我用火災去找，卻找到奇怪的東西。」

「李彥海加火災嗎？」汪聿芃跟著KEY入關鍵字。

一按下確定，在孤狗搜尋頁裡，會將「李彥海」三個字變紅，醒目，但是汪聿芃瞬間圓睜雙眼，她看見的是其他名字。

李彥海、劉〇尚、蘇姓女學生、曾姓女學生與王姓女學生……

汪聿芃點開新聞，那是四年前的新聞，講述一個鐵屋宿舍的火警，半夜祝融，所幸學生都有及時逃出，只有一個學生不幸身亡。

李彥海的名字就在上面，是因爲他是第一發現者，加上非未成年，因此其他學生都只是代稱，只是後面連結的姓氏讓人覺得有點巧！

「爲什麼跟這次的倖存名單好像？」童胤恒不由得皺眉，「蘇妍心、王芊君、曾依淑……這種巧合會讓我起雞皮疙瘩！」

汪聿芃倏地站起，「走。」

「去哪？」童胤恒比她從容，誰像她說風就是雨。

「去警局找章警官幫忙。」她還瞄了眼時間，「幸好時間還早，我們現在就去。」

「別再去麻煩……」童胤恒很想這麼說，但是如果想知道確切的名字，的確只能透過警方幫忙，「先跟他說一聲吧。」

「等等再說。」汪聿芃沒忘朝裡喊，「我們出去一下喔！」

「買晚餐嗎？」康晉翊露出燦爛的微笑。

童胤恒拎起背包，「我再LINE給你們……喂，妳不要拉！」

汪聿芃不知道在急什麼，拽著童胤恒就往外拖，蔡志友還在跟李彥海說話，外面站了不少打量他們的學生們，汪聿芃實在不喜歡他們的眼神，明明想知道又帶著嫌惡，裝模作樣！

「你去牽車。」她突然把童胤恒往前推。

童胤恒懶得管她想做什麼，一邊傳訊給章警官，趕緊往旁邊停車的地方奔去。

「欸，你們看新聞了沒？」一個不認識的男生開口朝汪聿芃問著。

「一百零一條了喔！各位！」汪聿芃直接宣布，「我們現在完全不知道幽靈船打算收幾條命走，請大家注意自身安全，小心留意！」

在幹什麼啊！小蛙跟蔡志友都錯愕的望著彷彿在演講的她，有夠大聲，鐵皮屋裡還迴音咧！

「蘇妍心是我同學，我拉她們出氣爆餐館的，不到五天的時間她們都走了，你們再繼續說我們都市傳說社亂說話沒關係啊。」汪聿芃聳肩加攤手，「車禍又不是我造成的！」

機車騎來，童胤恒按了兩聲喇叭，演講結束可以閃人了。

汪聿芃勾起愉快的笑容，開心的戴上安全帽後跨上機車，還朝大家擺擺手。

「妳幹嘛這麼故意！」

「討厭他們討厭都市傳說！」

「他們不是討厭都市傳說，是恐懼、是不敢面對、是排擠跟他們意見不合的人！」童胤恒低笑著，「我們相信自己喜歡的就好了！」

「他們不喜歡也不可以找我們麻煩啊！」汪聿芃嘟高嘴，那些到版上來罵的酸民，眞是見一個討厭一個。

「這就是人啊！」童胤恒倒是看得很開，謹慎的轉彎後，警局就在前方了！

鍵盤噠噠作響，章警官凝重的看著電腦螢幕，一邊瞥著在左手邊桌子旁的兩個大學生，雙雙抱著茶杯，眼神卻期待的看著他。

「不要這樣看我，我會怕……我眞的會怕！」章警官重重嘆了一口氣，「你們在社團發的那些——」

「句句屬實。」汪聿芃立即接口，「我們都有看見幽靈船，他還聽得見聲音。」

食指指向童胤恒，他沒好氣的扯嘴角，可以拜託大家不要這麼快供他出去好嗎！

「看著下午行車紀錄器的畫面，我們幾個都看得見空中的東西，也有其他人看得見……我知道有的人是說謊，但章警官該相信我們。」童胤恒誠懇的說著，「都市傳說社不會隱瞞都市傳說的，我們是喜歡都市傳說，才會加入這個社團的啊！」

「我知道，但不能製造恐慌啊！」章警官伸出右手，制止他們可能的辯解，「停，你們不要說太多，我都知道你們要說什麼……一個夏天就很糟了，現在怎

麼這麼多夏天！」

「喔，我見到——」汪聿芃才想炫耀見到學長，立刻被童胤恒阻止拉下。

「章警官，那幾個姓氏有什麼嗎？」他暗指著桌上的紙條。

那是他剛寫的，他們不能看警方相關紀錄，所以他把所有名字與新聞查到的姓氏都寫上去，看看是否有什麼正相關。

「唉，這不是什麼大事也不是機密，那個李彥海……你不說我還真沒發現，他已經死裡逃生好幾次了，全是火災，最嚴重是輕微嗆傷，但全都是倖存者。」

章警官拿起那張紙條，「我真沒想到，四年前的火災中，那間租屋宿舍燒毀，除了李彥海外都是高中生——這些名字是李彥海、王芊君、蘇妍心與曾依淑。」

咦？汪聿芃吃驚得瞪圓眼，「她們不是剛好大學認識的？」

「四年前是高二，她們家鄉都很遠，那時就住在一起了，一起推甄同一所大學，看起來現在還同個系。」章警官倒是意外感情這麼好，「四年前火災是一層樓的鐵皮屋延燒，裡面住了六個學生，五個逃出、一個燒死在裡面……哎呀！」

哎呀？童胤恒跟著緊張起來，「還有什麼嗎？」

「他們的名字連在一起我已經覺得夠吃驚了！」汪聿芃腦子有點亂，世界上會有這麼剛好的事？「而且一直死裡逃生耶！啊，還有一個劉○尚呢？」

「他也有關聯。」章警官聲音略沉，表情比剛剛更嚴肅。

「也是四年前的火災嗎？對，他說過他是火災倖存者……」童胤恒遲疑著，新聞上沒有寫出所有人。

「章警官剛說住了六個學生，我們班三個女生加上李彥海也才四個人，一死五傷，所以剩下生還者是姓劉的囉！」汪聿芃算數都挺快的。

「不，另一個倖存者嗆傷較嚴重，他叫林賢州。」章警官眼神落在童胤恒身上，「我記得這位好像是……」

林賢州？童胤恒心頭一涼，這下根本全相關吧！

「咦？那不是康晉翊的同學嗎！KTV火災那天他們就是去幫他慶生才──」童胤恒心臟都快停了！「等等，那個劉什麼尙的呢？別告訴我他也有關，簡子芸說他並不太像幽靈船的倖存者，也跟最近兩起意外沒什麼相關……」

「可是蔡志友說他也是火災逃生的人。」連汪聿芃都覺得緊張起來，「這個再有關係眞的太神了！」

唉……章警官沒有回答，取而代之卻是嚴肅的表情與長嘆，這聲嘆息讓兩個學生心頭一緊。

「全名是劉克尙，你們在網路上可以查到他的新聞照片。」章警官總覺得自

己在說一件荒唐的事，「他是四年前鐵皮租屋火災唯一的，羅難者。」

什麼!?

童胤恒跟汪聿芃完全傻在原地，罹難的意思是死了啊!唯一死的那個人？啊蔡志友是怎麼跟他聯絡的，對方說自己是「倖存者」耶，這根本相反吧！

兩個學生立即慌亂拿出手機孤狗那個名字，深怕自己查錯還向章警官多次確認怎麼寫，然後再加上關鍵字「火災」、還有當時事發的「Y鎮」、「高中生」、「鐵皮宿舍」，最後選取新聞選項——四年前的高中生租屋大火，一死五傷。

搜尋結果一大串，完全不必點開，最上層顯示的照片就已經清楚刊出劉克尙的照片，還有他的臉。

「未成年可以放照片嗎？」童胤恒詫異的問著。

「那是當年他們同學放的，連同新聞連結一起，所以查得到，那是哀悼的文章。」章警官當然知道未成年應該要馬賽克，不過學生間自己的文章就沒這麼多避諱了。

汪聿芃突然放下手機，撐著桌子站起身，大口換著氣，然後在椅子邊走來踱去的，嘴裡喃喃的說著不可能不可能。

「汪聿芃！」童胤恒朝左看向她，「蔡志友說了，那個倖存者不露面，也不細談線索，他就叫劉克尙，四年前遇過火災……等等，不能太武斷，我們沒見過他，還必須——」

「我見過他！」汪聿芃突然回身抓著椅背，激動的衝口而出。

「……嗄？」這下子，換童胤恒傻了，「妳……國中同學？」

連章警官都不得不坐直身子，她見過？

「那天在美式餐館外，對我跟簡子芸說餐廳他們包場，所以叫我們不必進去的男學生就是他啊——」

什麼國中同學！劉克尙哪是什麼倖存者，根本是四年前已經燒死的男孩啊！

第九章 重返

簡子芸遮著雙眼，眞希望揉得用力些，才能把照片看得更清楚，重新睜眼再看一眼手機裡的畫面，那可愛爽朗的笑容依舊。

「是他……眞的是他！」簡子芸撐著頭不敢置信，「那個男生感覺很好，我不可能看錯的！」

「就是啊，我也覺得他很可愛！」汪聿芃深表贊同，就是這樣才會記得這麼清楚。

「所以眞的是他……叫你們不要去那間美式餐館吃飯？包場的話，我算過美式餐廳的人數，死亡人數不及包場。」康晉翊不停的驚嘆，這到底是怎麼樣的奇遇？

「我也問過王芊君她們，她們不認識這個男生，當天根本不是包場，她們兩星期前訂的位。」汪聿芃眞心覺得這一切實在太神奇了，「那天沒上班的員工不是也說了，根本沒有包場這回事！」

童胤恒沉吟著，換言之，是那個男生阻止汪聿芃她們的進入。

「妳們不該上船，所以他才不讓妳們進去。」他簡單做了結論，「包場只是唬爛妳們，或許可以解釋爲美式餐館裡的人才是他要的了。」

「我現在回想汗毛都豎起了……」簡子芸依然在震驚中，「所以我看到的

是……什麼？鬼？亡者？還是根本是幽靈船上的人？」

「都是吧！不過他應該跟幽靈船有關喔，所以才沒讓我們進去。」汪聿芃轉著眼珠子，「好酷喔，這樣有機會遇到我是不是應該要謝謝他？」

「謝謝咧……」童胤恒無奈的搖頭，「這種邏輯推論還真妙，表示妳們命不該絕？還是他不想要妳們？」

「先別想這個了，至少確定妳們那天看見的人在四年前就已經不在了對吧！」康晉翊開始覺得重心應該擺在四年前的火災，「那是誰跟蔡志友聯繫的？小蛙的LINE上面是什麼？」

「帳號已經刪除了，小蛙跟蔡志友他們的所有通訊方式裡的對方帳號不、存、在、了！」童胤恒第一時間當然就叫小蛙跟那位劉克尚聯繫了，一秒全空。

簡子芸下意識的搓著雙臂，真令人打從心底的不快。

「所以這次的事件幾乎都跟四年前相關，那位阿尚唯一提起的明確數字也是四年前。」康晉翊沉著眼色，想起的是那晚慶生的壽星，林賢州。

電車開始煞車，簡子芸抬首看跑馬燈，「所以這就是我們要來這裡的原因了，準備下車！」

大家紛紛揹起包包，往門口移動，這趟路程轉了三種車，路程不遠，就是交通工具有點繞，最終還得搭火車的慢車，來到一個其實有些偏僻的Y鎮。

「妳同學呢？」簡子芸好奇的問，說好要帶曾依淑來的啊！

「我請別人幫我帶，我怕這樣直接說要來這裡她會介意。」汪聿芃倒是很明白自己的能耐，「我不太會演。」

「啊妳找誰？」康晉翊看著他們三個人，今天說好一起來看的！

「當然是蔡志友囉！」童胤恒輕笑著，「他不是負責聯繫倖存者嗎？讓他去跟曾依淑聯絡，比讓這傢伙去好。」

「我怎麼了？」汪聿芃挑了眉，門一開就步出，「我跟她又沒那麼熟……而且我不知道該怎麼把她拐到這裡來。」

「請，不是拐……」童胤恒自己說得有些心虛，「好吧，我想蔡志友應該是用拐的。」

「小蛙眞可惜，他今天要打工只能哭哭。」簡子芸轉念一想，「但讓他去帶曾依淑可能也不太優，他看起來有點凶。」

「根本流氓啊！」汪聿芃中肯回應，「我要是曾依淑，看到他我就敬而遠之了！」

「不管怎樣，如果曾依淑聽到地名就不願意來，那就表示有問題了！不知道

蔡志友會怎麼拐帶她過來？」康晉翊過匣門出站，「我聽說李彥海也完全沒回應。」

「那傢伙總共死裡逃生三次了，三次耶，簡直是無敵幸運星！」童胤恒覺得這運氣也太好，「那天你也看見他進入地下室了，最後還能出來……」

「這已經超過幸運的範圍了吧？」康晉翊承認他看見李彥海活著是很高興，但知道他有過三次的逃生就不認為單純了。

汪聿芃一擊掌，「說不定他跟童胤恒一樣，都能感覺到幽靈船的到來，就可以一直逃一直逃……」

「如果幽靈船一直出動是為了捕獲他，那還挺令人不爽的！」因為這樣換算，現在的一百零一條人命都是因他而起。

四個人出站，第一時間找腳踏車，他們查過路線，騎腳踏車十分鐘內會到，所以一人牽一台準備出發。

「但每次都沒抓到也好糟，難道沒抓到就得一再的出來嗎？」汪聿芃挺不喜歡這種規則的，一次一百條耶！

「說不定這就是這次幽靈船火大，不讓任何人逃離的原因。」簡子芸把手機擺上腳踏車上的手機架，她負責導航，「根本所有人都是四年前火災的倖存者，這次一併收走。」

如果是這麼想的話，童胤恒默默看著康晉翊的背影，那麼歡暢ＫＴＶ的事件也不能算是無辜，因爲林賢州也是當年的倖存者之一啊！每出動一次就要收一百條人命，順便把四年前沒上船的人帶走，這感覺眞糟。

尤其若是李彥海三次死裡逃生都是因爲幽靈船，那加總起來是三百條人命啊！

這樣，連帶康晉翊也是池魚之殃了。

「所以你們知道，幽靈船如果再來，就不要救我了。」康晉翊突然看向大家，「這已經不是一命換一命的層級了，如果我閃過了，幽靈船再出來一趟，那就是一比一百了。」

他沒有這麼偉大，不需要拉這麼多人陪葬。

一與一百的數字很懸殊，簡子芸勉強笑著，踩了腳踏車往前，一條人命與一百條人命是一樣沉重的，不過對她的意義而已，認識的朋友還是比陌生人來得重要。

所以如果有希望，她依然會把康晉翊拉離危險……人本自私，她不會愧疚。

回眸瞥了騎在童胤恒身後的汪聿芃一眼，她知道這麼想的不只她。

「蔡志友說他們已經到了，曾依淑在鬧脾氣！」汪聿芃喊著，希望前面大家都聽得見，不過依照距離與風聲，唯有童胤恒聽見。

四台腳踏車過一個大彎道，迎面而來大卡車，汪聿芃總是特別留意，她沒忘記妨礙者也是幽靈船討厭的對象之一，而且都市傳說已經留意到這邊有人聽得見了。

什麼一與一百她才懶得管這麼多，反正她就是要守住童子軍就對了！其他不相關的人……就算一千也是不相關啊，幹嘛想這麼多！

四年前發生火災的地方位在半山腰，坡度不陡，但騎腳踏車就是個艱辛的運動，更別說天氣這麼熱，四個人可是費了一番工夫才抵達。遠遠的就看見在路邊吵架的蔡志友跟曾依淑，簡子芸趕緊左切進入。

「哈囉！」

她一聲招呼打斷了曾依淑的歇斯底里，噙著淚回首看著陸續抵達的四台腳踏車。

「汪聿芃！汪聿芃！」她看見汪聿芃時急忙追上前，「這是怎麼回事？他說要幫我解決問題的！」

軋，腳踏車停下，汪聿芃看著哭腫雙眼的同學，「我們是要解決問題沒錯啊，因爲要知道到底幽靈船爲什麼這麼鍥而不捨，或是能不能再讓妳躲過一次。」

「再讓我……」曾依淑泣不成聲，她蹙著眉看向眼前的空地，「你們知道了……」

「妳跟王芊君與蘇妍心四年前也逃過一次對吧！」汪聿芃架好腳踏車，望著重新蓋起的鐵皮宿舍，「哇喔，翻新了喔！」

「都燒光了當然要重蓋，鐵皮屋很快的！」蔡志友早先做足功課，「只是我試著聯繫房東有點困難，他不住在這裡，說有空再過來。」

簡子芸走向曾依淑，冷不防抓住她的右手，揭開了遮住手臂的袖子，她嚇得驚叫，但是上臂紅腫的印記仍然明顯。

「這是幽靈船給妳的烙印，妳就是該上船的人。」她用平淡的語調說著，「四年前妳們是怎麼逃離火場的？」

曾依淑厭惡的抽回手，趕緊將袖子放下，「就……就是聞到味道……」

汪聿芃緩步走到新建物前，鐵皮搭建的屋子非常簡單，橫向長條型的屋子，只有一個大門，一條長廊連通六間房間，偷瞄著大門，她驚奇的發現沒關！

「事發在半夜，那時妳還沒睡嗎？」外頭的簡子芸拉著曾依淑，「我以爲高

中生都很早睡。」

「嗯……就還沒。」曾依淑冷淡的回著，不太想回答她的問題。

後面的蔡志友突然嘖了一聲，「李彥海完全不理我了！」

咦？曾依淑倏地回首，眼神閃過驚色，「李彥海？」

「很熟吧，當初他也跟妳們一起住在這裡，不覺得很巧嗎？」康晋翊溫和多了，看著曾依淑，「他也是在歡暢ＫＴＶ裡的倖存者。」

「又……」她皺起眉，顯得有些驚訝，「我以為ＫＴＶ事件沒人活下來！」

「我也以為，他還是那地下室的服務生。」康晋翊逼近曾依淑，她卻潛意識的後退想閃躲，「連妳都知道他又躲過了……所以四年前妳們也是因為他而躲過的嗎？」

「算、算是吧！那天是劉克尚煮東西時燒起來，味道很重，李彥海喊我們出去的。」曾依淑盯著地板，這串話流暢得像背書。

「的確是因為卡式爐起火，學生又不知道怎麼處理才越燒越嚴重，我記得起火點就是在玄關吧？」蔡志友想鎖住曾依淑的眼神，相當困難。

曾依淑隨便點了頭，非常敷衍。

「你們好無聊，又不是警察來問這個幹嘛，而且事情都已經過四年了！」曾依淑咬著唇往外走，「我要回去了，反正走到火車站了不起半小時！不靠你們。」

「我們想知道四年前的火災是不是幽靈船事件！」康晉翊趕緊追上她，「妳們是不是該上船還沒上去的人！」

曾依淑一聽，只是慌亂回頭，「什麼叫該上船!?那才不是什麼幽靈船事件咧！你們不要再嚇我了！」

「那爲什麼蘇妍心她們都出事了？」康晉翊不死心的抓住她。

曾依淑驚恐的看著地板，淚如雨下，「我不知道……我眞的不知道！」

她知道。

童胤恒向左瞥著哭泣的曾依淑，她話語裡處處是破綻，如此斬釘截鐵的認定不是幽靈船是爲什麼？而且她對這裡極度排斥，除了恐懼外還藏有別的心思，聽見李彥海的名字時臉色也不好看。

她其實可能都知道，只是不敢講、不想講或是不願意講。

「欸，各位！門沒扣上耶！」汪聿芃高喊著。

童胤恒雙眼一亮，趕緊小跑步過去，康晉翊請簡子芸去安撫曾依淑，也飛快的跟上；由童胤恒領頭，悄悄的拉開往外開的鐵門，果然沒有闔上！

記得新聞的平面圖畫得很清楚，門開在最左邊，進入是玄關，而劉克尙的房間位在最右邊底間，陳屍在房裡……不過新蓋的屋子已經沒有玄關了，一踏進去就是第一間房間的牆，往右依然是長廊。

汪聿芃大膽的走到最後面，發現該是房間的地方上了鎖，上面掛著「儲藏室」的字樣。

出事的房間不再租人了嗎？

童胤恒則站在過去的玄關處，現在已經是他人房間了……起火點在玄關，來自煮泡麵的卡式爐，旁邊有堆放易燃物，而且當時還有沙拉油，才會讓火勢一發不可收拾。四年前火災前後，他跟汪聿芃都找過了，眞的沒什麼重大事故，找看到當年新聞畫面，也沒有瞧見幽靈船的蹤跡，因爲沒人拍到天空。

沒重大事故不等於不是幽靈船在收命，只是把小事故都加起來，還眞的距離一百條人命很遠很遠。

只是……煮宵夜的是死者本人，東西在爐子上煮，他回房間不知道做什麼，總之就這樣燒了起來，到死前都沒離開房間？最靠玄關的第一間房是李彥海，他最先發現後嚷嚷著要滅火，但油性起火無法輕易滅掉，所以最後學生們只能逃到外面。

嚇得往馬路逃生後，才發現少了一個人……童胤恒站在玄關概略的位子，面對門口向左看，看著站在尾端的汪聿芃。

人又不是睡著，這段距離怎麼會不知道失火也聽不見吆喝聲？但是當年疑點也都一一被警方釐清，就是場意外，肇事者疑似早被煙嗆暈，像是自食惡果一般。

「看得見印記嗎？」康晉翊一邊說，一邊走到了童胤恒的身邊。

幾乎就在他踏入屋子的那一剎那，童胤恒就聽見了尖叫聲！

「哇——」

他發誓他連眼睛都沒眨，地板跟牆壁瞬間就不一樣了，他一抬頭發現自己站在一間餐廳裡，就站在兩張方桌的中間走道，而眼前的康晉翊沒有消失，他也驚愕的環顧四周……

汪聿芃！童胤恒趕緊找尋，發現汪聿芃變成站在另一邊，一樣的距離，不過她方向相反了！

「哇……」汪聿芃吃驚的看著自己眼前的樓梯，不穩的扶住就在手邊的沙拉吧，經過的服務生端著滋滋作響的牛排——美式餐館？

「抱歉，借過。」服務生禮貌但帶點不耐的說著。

「噢，抱……抱歉？」汪聿芃往旁邊閃，她現在是在這個空間的啊？

「這怎麼回事？」康晉翊以為自己眼花，揉著眼甩頭，再睜開眼他還站在走道上。

「抱歉，我們鐵板很燙喔，要請您們留意不要站在中間，不然燙到兩位就不好了。」服務生上前勸說，童胤恒錯愕的看著他們。

他們不由自主的往汪聿芃那邊移動，誰叫她站的地方是沙拉自助吧，至少有個空間啊。

「這是那間美式餐館！」汪聿芃指向窗外，「有沒有？對面是速食店！」

「我知道……但為什麼我們會在這裡？」童胤恒再度看了一圈，沒有客滿的餐廳，但也瞧不見簡子芸跟蔡志友、甚至是曾依淑！

「不好。」康晉翊倒是臉色凝重，「我那天在KTV廢墟時，也看過這樣的幻象，彷彿什麼都沒發生……」

然後，小綾在他面前焚燒的氣味，依然揮之不去。

明明只是幻覺啊！

「可是我們沒來過這裡……啊……」汪聿芃正說著，看見右前方那樓梯口，走上了令人頭皮發毛的身影。

深藍格紋襯衫的男孩輕快的步上，手上的鑰匙串叮噹響著，醒目的鑰匙圈正是圓形的印記圖樣！汪聿芃差點不能呼吸，啪的就抓住了童胤恒。

嗯？童胤恒正在看窗外呢，被這樣一握嚇了一跳，趕緊看向汪聿芃，這種詭異環境下，她突然的動作很嚇人耶！

結果只瞧見她僵硬的臉色，直視著前方……童胤恒緩緩朝右看去，在樓梯口也看見了不該出現……不對，是氣爆前在這間餐館的人！

劉克尚！

男孩完全不避諱，正視著他們，甚至劃上了微笑。

『倒數計時——』

咦？童胤恒顫了一下身子，這個聲音——他驚恐的望著劉克尚，現在是倒數三十秒，也就是他在紅綠燈那邊，汪聿芃往這邊衝來的時候了嗎？

「我們無緣無故重回美式餐館是……」康晉翊終於回過身子，自汪聿芃與童胤恒中間瞧見了那對他微笑的男孩。

全「都市傳說社」都看過劉克尚的照片，讓康晉翊瞬間褪去了血液。

「曾依淑——」

樓下傳來汪聿芃再熟悉不過的聲音，然後是蘇妍心的尖叫聲，「做什麼？」

「汪聿芃！」

汪聿芃倒抽一口氣，她那時一衝出去，這間餐廳就——她瞬間往近在咫尺的左前方十一點鐘方向看去，廚房的方向！

童胤恒上前直接拉過了她，試圖將她往懷裡藏，但卻無法移開視線的看著一團黃橘色的火球，緩緩的從廚房裡爆出！

康晉翊張大了嘴想喊些什麼也喊不出聲，兩隻手分別抓著同學，試圖蹲下身子躲到自助吧檯下，但是也只能眼睜睜看那小小的火團在眨眼間炸開，從廚房噴散出來——

砰！

火、碎片、慘叫聲跟無數的尖叫聲同時響起，童胤恒抱住汪聿芃彎身，康晉翊也只能緊閉起雙眼，他們誰都來不及做掩護的動作……

「啊啊……」

「哇！哇——」

不痛，彎著身體的汪聿芃看著自己的雙手，童胤恒也已經抬頭往四周看，感受不到熱也感受不到痛……對啊，他們根本不是當時在現場的人是吧！

「康晉翊。」童胤恒拉起他，立刻謹慎的觀察四周。

康晉翊痛苦的看著腳邊那炸斷的殘肢，只有一截血淋淋的小腿，他終於也直起身子，看著他們三個人身處在濃煙與火燄中，而美式餐館裡是一片狼籍，外頭是吼聲與喇叭聲。

剛剛那美麗的裝潢已不復在，桌子傾倒，燈光全滅，倒在地上的人渾身是血，活著的在尖叫，一旁有個身上沒穿衣服的男人，頭顱上嵌入了一塊砧板。能動的人尖叫著往樓梯去，爬行才滾下，後面的人立刻踩踏，找不到方向的人只能在二樓摸索，咳嗽聲四起；而童胤恒發現他們的視線異常清楚，這就是一片橘色的世界，他們三個身處在熊熊大火中。

但只有他們視線是明亮的吧？他記得真正的火場是一片漆黑！

唰……唰……被火舌吞噬的窗外驀地落下一根又一根的繩子，康晉翊看了不禁驚訝！

「繩索……繩索的聲音？」自上而下，是從幽靈船下來的嗎？

說時遲那時快，一個個人影居然直接從破裂的窗戶盪進來了！童胤恒立刻抱過汪聿芃，拽了康晉翊的衣領往後，他們三個緊緊貼在一起，死守在已經煮熟的沙拉吧邊！

那是一個個……焦黑的人！他們長得跟在汽車百貨裡的亡者類似，渾身燒乾，多餘的脂肪都沒有留下，表皮既乾皺又脆，但是行動卻非常俐落！輕巧盪進，沒有多看他們一眼，乾枯的手指勾著繩索，直接開始抓人！

一個滿臉是血才剛爬起來的女孩正準備冒險從二樓窗口跳出去，卻立刻被踹了進來。

「哇啊……誰!?」女孩尖吼著，那焦人抓起繩索末端的鉤子，直接插進了女孩的下巴！

「哇！」汪聿芃忍不住尖叫，雙手抱著自己的下顎，好痛喔！「那是什麼!?」

焦人彷彿聽見她的叫聲似的，瞥了她一眼，童胤恒跟康晉翊不約而同的回身把汪聿芃的嘴給堵住！

被鉤住下巴的女孩痛得尖叫，焦人直接把她往火裡扔，然後再度抓著繩子，又俐落盪出去了……這一次，鉤子尾端拖著女孩的靈體……或是不知道什麼東西，總之一起咻地往上消失。

但仔細瞧，女孩的身體還在火裡掙扎。

康晉翊不敢相信親眼所見，他看著大量的焦人衝進，以鉤子粗暴的鉤住這裡所有人的身體，明明他們把那個人拉出去，但是身體卻依然在這火海裡。

「哇啊——誰！誰！」

「開門！放我們出去——」

一個男人全身著火，直接朝康晉翊撲過來，「爲什麼你還在!?」

「放……」康晉翊試圖掙開，對方卻箝得更緊，「放開我！」

「帶他走，帶他們走啊——」男人雙手緊抓著康晉翊，情緒竟是忿怒，甚至拉著康晉翊要往窗邊甩。

「喂！你誰啊！」童胤恒立刻拉住康晉翊，試圖把他拉回。

從外頭湧進來的焦人拿著鉤子，著火的男人驚恐的吶喊，「鉤他！他——他應該要上船的！」

汪聿芃焦急的找尋可以用的東西，地上有著盛裝牛排的鐵盤，慌張趨前的拾起，抓著鐵盤就往男人抓著康晉翊手上砸去！

「呵！放開他！」汪聿芃死命的敲著，但這人跟焦屍不同，他依然死抓著康晉翊不放，沒有碎去啊！

康晉翊吃力的往後，童胤恒則往前，搆住康晉翊的上臂當支點，然後使勁的踹開死拉著他的男人！

「不不！不公平！」男人終於被往後踹而鬆了手，汪聿芃趁機拿鐵板迎面朝他的臉砸去，順道用力的往後推！童胤恒助她一臂之力，既然他想到窗外，就把他推出去就對了！

焦人上前抵住了男人的背，汪聿芃緊張的收手，童胤恒也趕緊拉住她往後甩，飛快的遠離了焦人；鉤子硬生生穿進男人下巴，男人發出痛苦的哀鳴，手卻還指著康晉翊。

「他──他，你們沒看見他嗎!?」男人語焉不詳，因爲舌與下顎刺穿在一起。

童胤恒跟汪聿芃雙雙擋在康晉翊面前，康晉翊則是感到胸口灼熱，這種幻覺眞是令人異常的不快──咦？

後頭跳撲一雙手臂，圈著康晉翊就直接往後拖！

「啊呀──」女人頭髮已經燒光，歇斯底里的緊箍著康晉翊，「讓他代替我，代替我啊！」

「康晉翊！」汪聿芃一回身，發現康晉翊已經被往後拖離兩公尺遠了！

而那個抱著他的女人身後，是焦人在抓著她的腳啊！焦人的鉤子無情的穿過她的小腿，還再度確定彎鉤有自前方腓骨與脛骨縫中穿出，女人跟著淒厲尖叫著。

「這個人可以代替我的！讓他上去啊……」她哭喊著，圈著康晉翊更緊。

康晉翊才掙鬆一寸又被抱緊，求生的力量向來不可小覷！汪聿芃扔出鐵盤前

一秒猶豫，趕緊把鐵盤扔給童胤恒。

再怎樣，也應該給籃球隊的人扔對吧！

看著焦人拉拉繩索，那女人就要被拖走了！所以童胤恒抓過鐵盤沒有猶豫，直接朝女人的頭扔去，汪聿芃則衝上前，自正面扳開女人的手指——但即使鐵盤正中女人，還是來不及！

繩子一收，女人就從另一邊的窗戶被拖走了！

「哇啊啊啊——」她的手上還圈著康晉翊，跟拖著他的汪聿芃啊！

童胤恒趕緊追上，他至少要抓到汪聿芃——千鈞一髮的抓住了她的衣服，但是他們三個人已經全被往破窗邊拖去了！

沒有船票的人，也能上船嗎？

這不是只是發生過的事嗎？幽靈船眞的可以帶走他們？

才在用力，汪聿芃扳著的女人手指卻瞬間碎成一塊一塊的碳灰，用力過度的他們因反作用力鬆開，三個人直接變成疊羅漢，狼狽的摔倒在地。

「哎……」童胤恒被壓在最下面，汪聿芃躺在他身上，然後康晉翊是趴在汪聿芃之上的，「哎唷……」

疊羅漢的他們躺在火裡，看著趴在地上朝他們求救的人伸長手，後頭鐵鉤瞬間刺穿前額，下一秒咻地就被拖離。

慘叫聲不絕於耳，甚至包括一樓傳上來的尖叫聲，焦人們行動迅速的鉤上拖走，然後確認著是否所有人都已上鉤帶走，每具身體都在火海裡燒乾；焦人們在火海裡行走自如，沒有眼皮的雙眼卻白得嚇人，總是不經意的看向他們，視線最後都是落在康晉翊身上。

整間餐廳都是烤肉的味道，乃至燒焦，再正的妹再帥的小鮮肉，現在都開始因燃燒而肚破腸流，皮囊轉爲焦黑。

三個學生狼狽坐起，康晉翊檢視自己全身上下，看著就在眼前的破窗，他並沒有被拖出去……對，因爲他們處在已發生事情的美式餐館，並不是現實。

但是，大家都知道他是該被幽靈船收走卻逃開的人是吧！

起身的童胤恒看見了幾面牆上，已經自動燒出了那圖騰印記，它們有規律並有間隔的烙在牆上，焦人們行動疾速的拉著繩索一一離開，大火依然繼續吞噬著美式餐館的每一樣東西。

然後，有隻手驀地抓過了康晉翊的衣領——「喝！」

童胤恒驚覺要上前……不對，他僵在原地，身體動彈不得！汪聿芃連一步都踏不出去，她就站在康晉翊身邊，眼睜睜看著那格紋衫的男生揪著康晉翊的衣領！

劉克尙一一掃視著他們，一如平常大學生般輕鬆的笑著，手上拿的印記徽章鑰匙圈卻直接往康晉翊胸前熨貼上去。

「哇——哇啊——」好燙！康晉翊痛苦的大吼著，站在他左右兩旁的同學卻無能爲力！

劉克尙眼神先看童胤恒，再掃向汪聿芃。

「妳跟火車那傢伙很好嘛！」這口吻明顯的非常不悅。

火車？是指夏天學長嗎？汪聿芃皺起眉。

「唔……」康晉翊大膽的反握住劉克尙的手，希望他把那壓在胸口的徽章拿開，「很燙！」

「當然燙啊，不然怎麼叫烙印呢！」劉克尙更加用力的將徽章貼上他的胸膛，「幽靈船出航，不會失手的喔！」

「唔……那、那爲什麼……已經一百條人命了啊！」康晉翊咬著牙問，全身痛得飆汗。

但他還是想知道，爲什麼一百零一條？

「誰告訴你們是一百條的，哼。」劉克尙輕蔑的笑著，「沒有前例你們也傳得這麼開心！」

才在說著，窗外唰地落下一條繩子，劉克尙朝窗子看去，看來是叫他上船的意思。

見他鬆開手，康晉翊竟然大膽的拉住了他——「那你要帶走多少人？」

都已經轉向窗邊的劉克尙看著被抓住的手，倒是劃上了笑容，汪聿芃跟童胤恒都幫康晉翊捏一把冷汗，他膽子也太大了吧！

「你應該知道的。」劉克尙睨著康晉翊，一副他在問廢話的姿態。

他應該知道？康晉翊根本不懂他在說什麼，他爲什麼會知道!?幽靈船就是收一百條人命，他的認知是如此啊！

劉克尙甩開了康晉翊，讓他跟蹌的倒向無法動彈的童胤恒，逕自就往窗邊去，汪聿芃看著燃燒的落地窗上緣有著一點一點的痕跡，都是繩索滑進來時留下的殘痕。

「是啊，我們下來會有痕跡的。」他竟知道汪聿芃在看什麼，劃滿微笑回頭，「該上船的人，誰也逃不掉。」

啪剎，連眼都來不及眨，劉克尙已經瞬間消失，同時汪聿芃他們得以動彈，童胤恒攙住痛到跪地的康晉翊。

他的胸口就像被火燒一般，痛得咬牙。

「繩索的痕跡，記得嗎？美式餐館的樓上有類似那種磨擦痕……」汪聿芃指著每扇窗戶的上緣，「雖然都被燒過了，但就是有奇怪的點……ＫＴＶ的話……」

「地下室沒有地方讓他們破窗吧！」康晉翊喘著氣，「不過如果是幽靈船，有沒有窗戶不是問題。」

從哪裡垂降都行，只要幽靈船想要，就沒有拖不走的人！

「所以幽靈船所到之處的痕跡眞不少，抵達時的震動、繩子與印記……」童胤恒拍著康晉翊，「他說不只一百，你知道是什麼意思？」

「我不知道啊！」康晉翊可冤了，「這個都市傳說只有一個數字，就是一百啊！」

汪聿芃抬頭看著窗上的痕跡，腳邊燒乾的屍體，牆上自動出現的圖騰……所以四年前那場火災，究竟是不是幽靈船的傑作，應該可以看到蛛絲馬跡的對吧？

一旁燃燒的火舌突然纏上她的身體，並不會燙但卻讓她嚇了一跳。

「汪聿芃！不要離——」童胤恒的驚呼聲傳來，她趕緊回身……

卻只見到一條長廊。

第十章 那場火災

咦？她呆呆的站在一條狹窄長廊裡，這是剛剛他們進入的房子啊！可是陳設、裝潢跟油漆全部都不一樣！

「快點走！不要拿東西了！」有女孩站在某扇門前喊著，「快點！咳咳咳！」

第三間房門打開，熟悉的身影奪門而出，難受的掩著口鼻，兩個人踉蹌的往門口奔去……那是王芊君跟曾依淑！汪聿芃看得清楚，比現在稚氣了點，但是眞的很嫩。

磅！她身邊的門猛然被打開，汪聿芃還嚇得跳起來，但出來的男孩根本無視於她，慌張的站在走廊上大吼，「喂——有人……咳咳！」

「快點出來啊！林賢州！」屋外有人緊張的喊著。

那是蘇妍心的聲音！對！等等，這個人叫林賢州，是康晉翊的同學嗎？

男孩咳個不停，必須彎著身才能走，在他的眼裡，這間屋子已是漆黑得伸手不見五指了吧！他往前才走兩步，卻不安的回頭看向最後一間一眼，神情複雜難解，最後還是筆直向前方。

「咳咳咳——咳咳！」被嗆得難受，他整個人蹲了下來。

「林賢州！快點跑出來！」李彥海的聲音好清楚，就在門外。

唯一的門口已經被火包圍了，林賢州痛苦恐懼的看著那扇門，越遲疑，濃煙

更多。

「衝出來，不要管火，你就衝出來就對了——」曾依淑哭喊著。

衝……林賢州其實很害怕，但他最後還是咬牙，穿過了火燄，奪門而出。

對啊，她記得這場意外中，嗆傷最嚴重的就是林賢州，章警官說過的……但這種慌亂與吼叫聲中，睡得再死也應該會聽見吧？這是火災，不是一氧化碳中毒，而且在煮泡麵導致火災的不正是劉克尚本人嗎？

但爲什麼他沒有跑出來？

汪聿芃轉向最後一道緊閉的門，試著轉開那門把——在她推開門，門自動被打開。

剛剛那穿著格紋藍襯衫的劉克尚開了門。

「咦？」汪聿芃嚇得連連後退，直到撞到了牆，與男孩對望著。

「爲……爲什麼……」

劉克尚只是笑著，「火車好朋友，妳看清楚了嗎？」

「看……看什……」她遲疑的問著，卻立刻往長廊看去！

看什麼？她要感受的是震動……汪聿芃伸出手貼著牆，幽靈船停泊時會有震動，繩索是否垂降，還有這上面該有幽靈船的印記！

那才代表有幽靈船肆虐過啊！

磅！零星小爆炸聲開始傳來，整間鐵皮屋宿舍完全被火吞噬，木板隔間盡數焚燒，消防車的聲音也由遠而近！汪聿芃緊張的加快速度在走廊觀察，在隔間木板瞧著，痕跡在哪裡？

沒有繩索，沒有印記，什麼都沒有啊！

汪聿芃往前奔跑，直到玄關處，那起火點的方型空地上，只有焦黑的卡式爐、碗、還有油桶……就算是起火點，她也沒有看到任何一點點幽靈船所謂的殘影——四年前的火災，與幽靈船無關。

「汪聿芃！」

簡子芸的聲音突然傳入，汪聿芃嚇得跳開眼皮，兩眼直瞪著前方。

「喂！醒了嗎？」蔡志友的臉也塞過來，不客氣的拍著她的臉頰，「哈囉，外星人？這裡是休士頓，可以溝通嗎？」

汪聿芃終於眨了眼，再眨了一下，簡子芸抱著她雙臂搖晃，她遲疑的轉動眼珠子，左瞟右望。

這裡是……屋子裡……她還站在原地嗎？

突然腳軟，得撐著簡子芸才得以站穩，越過她跟蔡志友往後看，一樣的長廊，但沒有人……

「童胤恒呢？還有康……」她心跳超快，乾脆蹲下來平復。

「他們出去了，嫌裡面悶出去透氣。」簡子芸動手拉起她，「妳也出去好了，蔡志友，幫我！」

蔡志友倒是輕鬆的就把汪聿芃拉起，她沒這麼虛弱，可是就有種氣力被抽乾的感覺，全身都覺得燒，好像剛剛眞的處在高溫處的感覺。

走出屋外時，幾個學生狐疑的看著他們，應該是住在這裡的學生。

「請問你們是……」一個男孩鼓起勇氣問了，「爲什麼會進我們屋子？」

「抱歉，我們是來……」蔡志友腦子裡正在想著藉口。

「我們是都市傳說社，因爲在查幽靈船的事故，所以就來這邊看一下……」簡子芸說得義正詞嚴，「因爲門沒鎖，我們只是在走廊上看一下而已，並沒有進入房間……」

一聽見都市傳說社，高中生亮了雙眼，「都市傳說社！就是那個A大的嗎！喔喔喔，我都有看！我們這裡跟幽靈船有關係？」

「幽靈船會來我們這個小地方嗎？」旁邊的女生好激動。

「不……不是……」簡子芸把汪聿芃交給蔡志友，「四年前這邊發生過事

情，你們知道嗎？」

餘音未落，一台摩托車騎來，下來一位中年男子。

「怎麼回事？」

學生回首，「房東先生！」

房東！蔡志友的聯繫果然有效！簡子芸把握時間能問就問！

「現在我們禁止在裡面煮東西了！房東規定的！」學生指向房東先生。

「嘿呀，外面可以烤肉，但裡面不能煮！」房東義正詞嚴。

「咦？所以四年前的事是幽靈船嗎？」女學生反應好快，雙眸熠熠有光。

「不是！」汪聿芃直接回頭，「四年前的火災，跟幽靈船完全沒有關係！」

康晉翊跟童胤恒分別坐在腳踏車上，聞言不由得朝汪聿芃看去，他們看起來一樣疲憊，但是都比汪聿芃早醒。

簡子芸發現學生對都市傳說好奇且沒有反感，房東敵意也不深，抓緊機會多問了一些問題，汪聿芃回到自己腳踏車邊，也是坐上去喘息，灌了大半瓶水才吁了口氣。

「所以我們怎麼了？」她轉了一圈，已不見曾依淑蹤影。

「我才想問你們咧！曾依淑直接跑掉，我們攔阻無效，叫你們幫忙結果三個都沒回應，我們才衝進去看，天曉得你們跟雕像一樣！」蔡志友擦著汗，「你知道我們叫你們叫多久嗎？你們眼睛連眨都沒眨一下耶！靈魂出竅啊？」

汪聿芃看著臉色蒼白的康晉翊，「還好嗎？」

「嗯，還行！」康晉翊點點頭，「妳又去了哪裡嗎？我跟童胤恒是硬被叫醒的。」

「欸欸，怪我喔？」蔡志友不平的嚷著。

「沒怪你啦！就是突然被拉回現實有點不能適應。」童胤恒再瞥了一眼屋子，「汪聿芃，妳斬釘截鐵說跟幽靈船沒關係，是回到四年前的火災現場了嗎？」

汪聿芃忍不住朝他豎起大拇指。

「對耶，我一回身就在走廊上了，我看見王芊君、曾依淑……」汪聿芃苦笑著看向康晉翊，「你同學被濃煙嗆著逃出去，一直到消防車來爲止——我找遍能看的地方，沒有任何印記，船沒有來。」

蔡志友相當困惑，「四年前？妳在說什麼？幻覺嗎？」

「劉克尙連出房門都沒有！」汪聿芃沒回應蔡志友，挑高了眉。

「煮泡麵的是他，爲什麼他會待在房間裡卻毫無所感？這不合理。」童胤恒實在不懂當年這裡的火災現場是怎麼決定責任歸屬的。

不遠處的簡子芸跟學生與房東道謝，輕快的跑了過來。

「那位是房東先生，現在變得很嚴格，不能在屋內煮東西，可是他們可以在這庭院煮。」簡子芸看著手上的本子，「四年前火災死者的房間現在被隔成儲藏室，也就是這邊沒玄關的主因。」

「房東對四年前的事怎麼說？」康晉翊比較好奇這點。

「房東很老實，說他也不知道爲什麼會這麼嚴重，現在改建後都使用防火建材跟灑水器，滅火器也定時更換，重點來了——」簡子芸雙眼閃過光芒，「房東說，他覺得四年前的火災很奇怪，照理說不會燒得這麼嚴重！」

「爲什麼這樣說？」汪聿芃不解，「起火點在唯一的門口旁邊，又有油……」

「因爲大家都逃出來了，表示反應是來得及的，而且……」簡子芸回身指向門邊的外牆，「那個滅火器在四年前就存在的。」

順著她手指的方向，在門口的外牆的確有個滅火器，但是——

「火災使人慌張，高中生不一定能想到這麼多。」蔡志友解析道，「再來，這邊會用滅火器的有幾個人？」

汪聿芃立即舉手，又直又挺。

蔡志友兩手一攤，就是一副：你看吧的模樣！他們在場五個人，大家都上過課，「聽」過滅火器使用說明，但是誰眞的使用過？又能在慌亂火災現場冷靜的又有幾人？

「但是李彥海比大家都大，他不是高中生。」童胤恒倒不以爲然，「房東應該是指這個意思吧？」

「不過蔡志友剛說得有理，重點是要會用。」康晉翊看著那鮮紅救命用具，再厲害的東西，沒人會用都是枉然。

「可是……」簡子芸露出一抹神祕的笑容，「一個在餐廳打工的人，會不知道滅火器的使用方式嗎？這也是房東覺得遺憾的地方。」

這不該是打工時的基本訓練嗎？

康晉翊做了幾個深呼吸，感受胸前的灼熱漸緩，腦子裡飛快的組織著一切。

「這樣搞得像是陰謀論一樣，但至少可以確定曾依淑對這裡是具排斥感，而且火災跟幽靈船毫無關係——可是在這裡死的人，現在卻在幽靈船上。」他的眼神看得很遠，「我們要有人去找他們幾個出來談，簡子芸負責找出四年前火災的詳細——蔡志友，你能把李彥海再約出來嗎？」

「你眞想約出來喔？」蔡志友當然是樂意，只是對方願不願意就是個問題了。

「幽靈船這次根本衝著他們來的，問題是四年前火災跟幽靈船無關，這不是

太弔詭了嗎？」康晉翊想起劉克尚說的那句——該上船的人就得上船——讓他不禁在想：會不會根本不是指他？

「你去哪？」簡子芸留意到他沒提到自己。

康晉翊勾起了笑容，「我要重回歡暢ＫＴＶ現場一趟。」

再一次，好好的看清火場裡的一切！

曾依淑不再回汪聿芃的訊息，這讓她有點苦惱，雖然很多課是同一堂，但曾依淑明顯的避開她，總是遲到早退，這更加令人覺得是心虛的舉動了。

「製造恐慌！」

天外飛來一個鋁罐，正中準備去追曾依淑的汪聿芃，右額角被砸中，裡頭殘餘的汽水灑了她一頭，黏答答的煩人。

她拾起那瓶鋁罐，走廊上的男孩們倒是沒避諱的對她比中指。

連環車禍後起風，「都市傳說社」的狀況變得微妙，風向一夕之間改變，因爲美式餐館的倖存者三位死了兩個，這種註定的死亡太過巧合，所以令很多人也開始寧可信其有。

「都市傳說社」正式公告，他們只是在討論一個名為幽靈船的都市傳說，意外不是他們造成的！從氣爆中閃躲的兩個女學生接連死亡就算了，蘇妍心還是全家遭難，而且這麼一加總，幽靈船收的人命正式超過一百位。

為什麼沒有停止？這是「都市傳說社」正在努力追查的，他們希望能破解或終止這個都市傳說，阻止更多傷亡，所以許多人開始寄望他們，能夠讓這個令人恐慌到難以生活的都市傳說消失。

不過也還是有以攻擊為樂的人們，尤其「都市傳說社」發表了幽靈船將不只收一百條人命的新篇章，更是被認定想造成恐慌。

汪聿芃捏扁鋁罐後卻是走到自動販賣機旁的垃圾桶丟棄，然後很快的投幣，選了瓶類似飲料。

「怪咖！」那群人吆喝著，「你們什麼時候要收手啊？講那些怪力亂神的事情！」

汪聿芃眼看著曾依淑是追不到了，握著沙士往前走了兩步，學生們倒不以為意，戲謔的笑看著她，一副她寡不敵眾的模樣。

「飲料是拿來喝的。」她伸直手，啪的拉開拉環。

「呵阿……」有女生不屑的聳肩，「我就說她很有名的怪了吧！」

汪聿芃在他們面前喝了一口，然後堆起微笑，「……才怪。」

捏著拉開的鐵罐，汪聿芃直接朝剛剛丟她飲料的男生頭上砸過去，裝滿飲料的鐵罐與喝完的空鋁罐，在威力上有一定程度的差別，就算有點距離，汪聿芃也依然可以聽見美妙的「咚」。

「幹！」鐵罐正中男孩額角，裡面的沙士灑了旁邊的同學到處都是。

「哇呀！」女孩們米黃的衣服全染了色，汪聿芃笑容劃得很滿，開心的旋身往前走去。

曾依淑有本事就全翹課，下堂課依然同班，這麼愛遲到，她就直接在教室外堵她好了。

無視於後面髒話連連，她一左轉要下樓，就看見了站在那邊的曾依淑。

「喔，嗨！」她淺笑著，「這麼貼心等我喔？」

「妳煩不煩？一直找我想做什麼？」她雙眼通紅，看得出沒睡好也哭過。

「之前一直找我的是妳耶，妳不是想知道怎麼樣逃過幽靈船！」她豎起食指，「不過妳得先跟我說說妳知道的事。」

「我什麼都不知道，四年前我是被王芊君叫出去的，外面發生的事我眞的沒看見。」曾依淑噙著淚的看向汪聿芃，「……眞的跟四年前有關嗎？」

「妳自己看見的。」汪聿芃歪了頭，遲疑兩秒，「不過也不一定，畢竟妳們三個都是我從美式餐館救下來的，如果幽靈船覺得妳們該死卻逃過的話……」

曾依淑低頭啜泣著，「我不想死……我眞的不想死……」

「妳、蘇妍心、王芊君、李彥海跟林賢州，妳覺得有這麼剛好的事嗎？」汪聿芃眼神放冷，「我也還眞不相信妳什麼都不知道。」

曾依淑別過頭，下唇微微發顫。

「我不想知道……那是蘇妍心他們的事，可以去問李彥海啊！」她逼近低吼，哽咽的拉著她，「爲什麼四年了……到現在……天哪！幽靈船是因爲這件事出來的嗎？爲什麼!?」

她淚眼汪汪的看著汪聿芃，她無法理解，幽靈船的都市傳說爲什麼跟四年前的事情連在一起？

「妳知道……我們查到另一個自稱倖存者的人是誰嗎？」汪聿芃凝視著那雙淚眼，觀察著最細微的反應，「劉克尙。」

喝！曾依淑瞬間臉色刷白，抓著她的手立即縮回，眼底浮現的是恐懼與不解，甚至整個肩頭都開始發抖，靠上背後的牆。

「不可能……不可能。」

「對啊，我們查到時也覺得太神奇，因爲他應該是罹難者、還可以說是縱火者。」汪聿芃雙手映後的彎腰，好盯著曾依淑的眼睛瞧，「引起那場火災的人卻沒有逃出來，眞是太奇怪了！」

曾依淑低首，就對上汪聿芃彷彿看穿一切的眼眸，她僵硬的別過眼神，轉身就往樓下衝。

不可能！他明明燒死在裡面了，爲什麼會打電話給「都市傳說社」說他是倖存者呢，他死了啊！

「曾依淑！」汪聿芃沒有追上，而是揚聲在樓梯間喊著，「幽靈船不會放過妳的！」

「噫——」整座樓梯的人都倒抽一口氣，這眞是太可怕了，簡直是活生生的威脅啊！

從上到下，包括後面所有的學生都看向汪聿芃，或帶著厭惡、或帶著恐懼，還有很多人帶著忿怒，「都市傳說社」眞的越來越誇張了！

「妳——」樓上有男生看了立刻發難。

「妳會不會太誇張，爲什麼這樣威脅別人，你們都市傳說社眞的是變態，我都會背了，換點新的句子嘛！」汪聿芃直接接話，「我是在提醒她，三個女生都是我同學，我跟她們不熟但也不會希望她們死，我是在提醒她注意安全，雖然……我也這樣提醒過另外兩個，但她們還是死了啊！」

「什麼……」一些人恐慌的望著那結實的身影，「所以還會再出事嗎？」

「會，已經超過一百條了，連我們社團都不知道爲什麼會到這種地步。」汪聿芃無所懼的回身，看著後面聚集的學生，「FB上寫的注意事項請大家留意，幽靈船抵達有前兆的，在不知道它什麼時候收手的前提下，請你們各自留意。」

「幹！想讓大家恐懼還說得煞有其事！」

「你可以不信啊！又沒強迫你！」汪聿芃朝向聲音的來源喊著，「你就過你的生活就好了，不要信不要在乎。」

人群中有人喊著借過，好不容易擠出人群，童胤恒無奈的走向她，牽著她的手就往樓下去，他身後跟著小蛙，萬分不爽的瞪著還在叫嚷的那些人，髒話一連串後就是咆哮。

「在救你們還囉嗦，最好幽靈船就找你，你感覺到震動時就不要跑！不信嘛幹！就會欺負女生！」

童胤恒三步併作兩步的帶著汪聿芃離開這棟樓，這傢伙怎麼可以這麼認眞的在跟不理智的人談論幽靈船啦！

「妳是不知道我們現在是箭靶嗎？」童胤恒沒好氣的唸叨著。

「所以呢？」她不解的看著他。

在她的邏輯中，是否是箭靶與闡述「眞理」是兩碼子事。

「李彥海主動約我們見面了，簡子芸查出他上一次的死裡逃生，是去年的電影院火災。」童胤恒知道這傢伙一定又把手機放在包包裡，點開自己的手機給她看，「十八死一傷。」

噢噢噢，這新聞大家都知道，因爲電影院火災超可怕的，那陣子一堆人不敢去看電影。

「不是說起火的時候，看電影的人來不及反應嗎？」汪聿芃更加確定她的想法，「我覺得他一定知道都市傳說，不管用什麼方式！」

「奇怪的是，每次這種事他幾乎都不會上新聞。」童胤恒不解的是這點，「KTV中他是服務生，照理說警方第一時間會找他們談，怎麼他會隔兩天才去警局說明呢？」

「他躲起來了。」汪聿芃只能想到這個解釋，「他一定沒跟其他同事在一起，現場這麼混亂，他們隨便一個藉口溜到人群中，等警察來時就避開啦！」

小蛙小跑步的奔來，滿臉不爽，還回頭不知道朝誰比中指。

「好了！你別太嗆！」童胤恒拉下他的手。

「對啊，小蛙不要太衝動！」汪聿芃認眞點頭，「不過還是很謝謝你，不管是剛剛或是那天在地鐵站時！」

「是那些人太過分，我剛聽說有人拿鋁罐丟妳喔，汪聿芃！」小蛙眼邊還有瘀青咧，「妳沒事吧？」

「丟妳？」童胤恒也錯愕了，爲什麼動手？

「噢，我沒事，我丟回去了！」汪聿芃得意的微笑，「他們拿空罐丟我，我用裝滿的喔！」

唉，童胤恒無奈極了，這傢伙憑什麼叫人家不要衝動？「都市傳說社」眞是越來越黑了。

「我覺得要再去找一次章警官，下午三點後沒課。」他看著兩個朋友，汪聿芃立即點頭說好。

「我不行，那堂課再翹我會被當掉。」小蛙擺擺手，「哪天會面記得叫我就是了……」

口袋傳來震動，他趕緊拿手機出來察看。

不是「都市傳說社」的群組訊息，因爲童胤恒的手機沒有動靜。

只是小蛙看著手機，臉色僵硬，眼珠子朝童胤恒跟汪聿芃瞟去，感覺相當不對勁。

「小蛙？」汪聿芃問了一下，他全身都石化了。

「那個……有人傳訊問我們現在狀況如何……還說如果地點合適，他願意破例見面耶……」小蛙嘶了聲，「這……」

破例見面？童胤恒不由得錯愕，從頭到尾不願意見面的只有一個，那個叫劉克尚的……倖存者啊！

「媽呀，幽靈船上眞的有WIFI嗎？」汪聿芃不免讚嘆，「設備比如月列車好耶！」

「那不是重點！」童胤恒抓住小蛙臂膀湊上前看，小蛙唯一幫蔡志友聯繫的倖存者就是那個劉克尚！「不是說沒帳號了嗎？」

「我哪知道，他又加回來了？」小蛙忍不住微微抖音。

現在LINE裡訊息清清楚楚，眞的是個叫劉克尚的人傳來的。

『昨天又死了一個，這讓我很害怕，可以讓我知道我兩年前遇到的究竟是不是幽靈船事件嗎？』

「又多一個兩年前？不是四年前嗎？」

汪聿芃跟小蛙同時搖頭，收集倖存者的是蔡志友啊！

「先問他四年前的火災是不是Y鎮那個，再問他……」童胤恒突然靈光乍現，「兩年前的事故該不會是那個電影院火燒事故吧？」

小蛙飛快的打著字，速度快到汪聿芃連連讚嘆。

『四年前火災是在P市啊，是情侶吵架卻鬥氣燒窗簾。』

跳出的訊息令人驚愕，但接下來才是重點，三個人期待著看著螢幕，期待著LINE另一端跳出下一句。

『是，兩年前的電影院事故，我是唯一的生還者。』

同名同姓？剛停好車的康晉翊簡直不敢相信自己的雙眼，那個劉克尚跟四年前死亡的劉克尚居然同名同姓？他四年前遭遇的火災並不是Y鎮，而是在遙遠的P市，甚至還是兩年前電影院事故的倖存者？

童子軍傳了截圖過來，關於兩年前電影院火燒事故的頭版標題：「影廳大火悶燒，十八死一傷」，還有一份四年前的「情人爭吵縱火，殃及八條人命」。

這是什麼令人發寒的巧合？所以那個劉克尚並不是Y鎮事故的那位罹難者，

而是眞有其人？只是剛好也在四年前從火場倖存？

但是他們卻因爲這個名字，找出了四年前的Y鎮鐵皮屋火災。

這太詭異了，他眞的無法相信這是單純巧合……或許等等去電影院一趟吧，如果也有幽靈船的記號，那就證實是幽靈船事故。

將手機調到無聲，他左右留心觀察，撩起封鎖線就往KTV裡走去。

或許是錯覺，或是這裡的慘狀讓人一踏進來就感到不安，即使是白天，還是透出一股陰涼，避開一堆雜物，他開始佩服當天他竟可以夢遊順利走來還毫髮無傷了。

小心的走下樓梯，那燒毀的滅火器殘骸就掛在牆上，李彥海說他要出來拿這一支，就這麼陰錯陽差的離開了火場……現在想來，他心中有疑，便不再中肯了。

胸前開始發熱，每次靠近與幽靈船有關的現場就會這樣，他也算習慣了，這次身上多帶些保冷劑，方便隨時可以冰敷。

踏進地下室，自助吧檯已經分成三大塊落在地上，上頭透著的陽光讓地下室暫時不需要照明，原本有圖騰的牆竟然又被黑灰蓋回，他趨前觀察，的確又是那乾粉般的灰燼，指尖輕抹，羊頭立現。

「呼……」不知道哪來的勇氣，他轉向走廊，想去自己的包廂。

同學們的屍身當然早就被帶走了，但是他就是想要看一眼……那歡樂的包廂……想都沒想過，林賢州跟四年前的火災竟有關連，可是小綾他們呢？其他十幾個同學都是無辜遭殃嗎？

包廂的門是扭曲的半掩，上面的門軸已經鬆脫，半掛在牆緣，康晉翊悲從中來，抹去門上的灰，才能露出他們的包廂號碼。

那天他爲了藏蛋糕所以故意遲到，他記得留言本上還有著林賢州的字跡：社長康快點來！超過半小時你就死定了！

如果那天選擇一樓以上的包廂，或許就不會發生這樣的悲劇。

他拿起手機想拍下最後的紀念，預覽兩秒後的相機，拍出的卻是那天再正常不過的包廂！

咦？康晉翊嚇得放下手機，沙發上的人竟沒有消失！

「康晉翊？」在門口的小綾回頭，瞪圓眼朝他使眼色，再看向他的手，用嘴型問著：蛋糕呢？

又來!?康晉翊深呼吸後，平穩情緒，看著一屋子同學們。

「咦？好像有什麼味道……」有人嗅了嗅，「有誰在燒東西嗎？」

「對耶！」小綾站了起來，在康晉翊的身後有許多扇門打開了，「有煙……失火了嗎？」

「哇！失火了！」衝出來的包廂客人開始驚恐的大吼。

「什麼!?」所有同學扔下東西，倉皇的奪門而出，小綾最靠近門口，站起來就往外衝，不忘拉著他直接推出門外，「你發什麼呆啊，失火了！」

「我知道。」康晉翊看著擠到門口的林賢州跟其他同學，「你們已經死了記得嗎？」

已經死了。

卡在門口的林賢州望著他，不可思議的雙眼反射著火光，下一秒，他們身上全部自燃般的捲起橘色火燄，整個地下室瞬成火海。

「啊啊啊——爲什麼你在這裡!?」林賢州直接撲向了他，「爲什麼你還活著!?」

第十一章
倖存者的齊聚

「救我出去好不好?」小綾也勾著他的手,「帶我走吧,帶我一起離開!」

同學們爭先恐後的奔出,一同抱著他扣著他,沉重的纏在他的身上,地下室裡開始濃煙密佈,不再是明亮的橘色,這就是火場,在什麼都看不見的情況下,吸入高溫的濃煙嗆得無法呼吸,氣管與肺部燒灼,然後被火燒疼之前斷氣。

「你明知道的!你知道船來了!」林賢州咆哮著。

「我不知道那是船來了,我不知道火災會這麼嚴重,我更沒想到你們會逃不出來!」康晉翊痛苦但一字字的說清楚,「我只是覺得怪怪的,我是去拿你的蛋糕,我的確看見火花,但我也聽見服務生要拿滅火器……一片混亂,我根本沒辦法思考!」

「你活下來了啊啊!」另一個同學忿怒的拽著他往走廊深處移動,「爲什麼就你活下來!?」

「你扔下我們了!」連小綾都跟著嘶吼。

糟糕……康晉翊試圖抓住路過的門緣,但是這些門都因火焚而變得脆弱,根本一扯就裂開了,他右手就抓著門片,被一群同學往裡頭拖。

這條長廊再往下是T型路,左右兩邊各繼續延伸,就是因爲這樣的地形,才會讓包廂裡的人察覺到失火時爲時已晚,只怕一奔出包廂就已經什麼都看不見,

所以消防人員到樓下來時，整條走廊上全是屍體。

但他可一點都不想到深處去，他們想做什麼？

「該上船我不會躲！我隨時做好準備的，只要幽靈船想要我的命我也逃不掉！」康晉翊開始反抗了，「你們的死不是我害的！」

「但是你扔下我們了！」林賢州發狂的怒吼著，「你讓我們在這裡尖叫哭泣，吸一口氣就覺得肺要燒起來了！眼睛根本睜不開——結果你居然最後一刻逃走了！」

「我沒有扔下任何人！」康晉翊終於找到一扇門緣還算堅固的包廂抵住，「那四年前，你有故意扔下劉克尙嗎？」

咦？林賢州瞬間頓住了，他不可思議的看著康晉翊，若非他是正面抱著他，他還眞認不出是誰，因爲燒乾的同學每個都長得差不多。

猙獰扭曲的焦屍，面容只剩下恐懼。

「劉克尙……」林賢州的眼球轉著，「爲什麼你會……」

「他在幽靈船上，是他在收大家的命！」康晉翊反抓握住林賢州，這麼輕輕一剎，他的手就落下了黑色的碎塊，「近日所有逃過幽靈船捕獲的倖存者中，每個人都跟四年前的火災有關！」

康晉翊就覺得是尋仇，否則無法解釋一個意外火場喪生的學生，爲什麼會在幽靈船上，爲什麼這次找的全是當年火災事件的生還者！

「那是李彥海！那是李彥海跟蘇妍心他們的事！感情亂七八糟——」林賢州驀地咆哮，「所以我們燒死在這裡，跟他有關嗎？」

康晉翊沒有回答，但是他的神情已經告訴了亡者答案。

「啊啊啊——不！爲什麼？」林賢州完全無法接受，「他是針對我們、他已經死了啊……」

「說不定，幽靈船的出動正是爲了你們。」康晉翊淡淡的說著，「這場火災，其他人說不定只是陪葬……」

反正傳說幽靈船出航就是一百條人命，在ＫＴＶ裡爲了林賢州，其他人只是剛好命定罷了。

「囉嗦！所以你也應該死啊！」痛苦的其他同學其實根本不理解他們在說什麼，一隻隻手往康晉翊胸前揺，「你是幽靈船的獵物！」

「帶他走——憑什麼他可以活下來!?」同學們使勁一拉，再度讓他往裡頭拖去。

「可以讓他代替我們吧？我不想死啊！」亡者在哀號哭泣著，很難想像這些

曾經都是同學！

就算不是每個都要好，也不需要這樣想置他於死地吧！

康晉翊完全無法抵抗的被拖到深處，遇到長廊後被向右拖，那邊頹頃得更嚴重，倒下的牆面跟雜物甚多，他連走路都有困難！周邊依然是大火焚燒，只是每一間包廂外都爬著著火的人們，他們縮跪在牆角或咳嗽或哭泣。

小綾沒有過來，她剛剛呆在原地，或許她聽懂他在說什麼了。

「放開！」康晉翊實在不忍傷害同學，但是他總覺得再不走會有問題！抓住林賢州的肩頭，低聲說句對不起，直接把他推開往牆邊推，KTV的走廊都不寬，隨便一撞就把他的肩頭連帶胸膛撞碎了！

「康晉翊！」林賢州怒不可遏的咆哮。

康晉翊實在不懂這傢伙到底爲什麼這麼生氣，造成火災的不是他啊！其他同學不遑多讓，冷不防把他往地上壓去，直接朝角落的一堆雜物裡拖。

這是幻覺對吧？或是他身處在那個永遠失火的當下，火如果不會燙的話，他應該也不能——剎！一片裂開木板刮過他的左手，刺痛感頓時傳來，跟著鮮血滴上了地。

等等！康晉翊以腳踩住牆，這是幻象沒錯，但留在原地的雜物是眞實存在的——他的同學眞的打算置他於死！

「你們已經死了，我無法代替任何人！」康晉翊開始踹開抓著他腳的同學，隨手抓住地上能用的東西，幸好他們都已經燒成焦碳，至少這樣一擊，就可以打碎他們的身子！

他沒有背棄他們獨自逃生，一切都是在意外與不得已間，他的結局幽靈船自有安排，輪不到他們做主！

『哇……』小孩的哭聲讓人嚇了一跳，康晉翊及時抓住的門緣旁坐著在一個小小的孩子。

看上去只有六、七歲，啜泣著沒兩下，開始劇烈咳嗽，邊咳邊泣。

『救她……救救她……』趴在門邊的女人伸長手，向著不可能的救援求救。

他現在自身難保啊！康晉翊不得已用雙手握住門緣，這扇門異常堅固。

腳步聲噠噠，他原本以為聽錯了，躺在地上的他仰著頭看見一個人影轉了進來，他的視角看見的是倒立的模樣，來人抓著可能在旁邊撿起的木條殘骸就這樣朝他衝過來了——那個人身上沒有火！

簡子芸記得在汽車百貨時的情況，汪聿芃跟童胤恒是怎麼打碎這些人的，必須先斷手，再用戳的方式擊碎他們的頭顱胸膛，讓他們碎成碳堆！

所以她先打斷抓著康晉翊雙腳的手腕，對方怒不可遏的朝她咆哮，她是閉著眼睛把木條往對方嘴裡戳進去，一路戳破了後腦杓。

好噁心！她根本不敢看，拿著快跟她一樣高的木條在狹窄走廊左右來回撞著，能掃掉幾個是幾個。

啪，林賢州用僅存的手握住木條，瞪著簡子芸的眼神裡載滿了不甘心。

「別這樣看我，你們的死不是我或康晉翊的錯。」簡子芸誰都不認得，但那眼神卻令她感到難受。

用力揮砸，林賢州也跟著成碎塊黑灰。

康晉翊趁機狼狽爬起，一站起身，看見的就是從簡子芸身後撲上的女孩。

「小綾！」他及時亙在她們之間。

小綾不可思議的看著他，痛徹心扉的緊閉雙眸，「我好痛啊！我有好多事想做，我不想死啊啊——」

下一秒，她怨恨難消的上前，掐住康晉翊的頸子，她到死都不能釋懷的是：

為什麼康晉翊不通知他們!?

『你只要打通電話就可以了！』

因為他忘了，因為他慌了。

康晉翊無法爲自己找藉口，他眞的是反應混亂，連手機那頭的童胤恒都忘記了啊！

右後方伸出的手突地貼上小綾的臉，她淒厲尖叫的鬆手，驚恐的踉蹌後退，緊接著痛苦扭曲在地，燃著火的焦黑身子沒有變成碎塊，而是從頭部開始融解，有點像瀝青般黏稠。

還來不及問，簡子芸已經拉了他的手就往外跑。

「欸……」康晉翊身上有多處割傷，跳過了躺在地上抽搐的小綾，再回頭看著他的同學們……已經是一堆碳堆了。

地下室的其他人依然虛弱的哀鳴求救，簡子芸跳過了角落燒毀的滅火器，似乎就是一開始要滅薯條的那支。

當離開地下室的那道門往樓梯上的瞬間，所有的慘叫聲在瞬間消失，康晉翊回頭看去就是那死寂的廢墟，這像是印記呼喚印記，因爲都是被幽靈船烙印的人，所以特別能感應。

他被簡子芸一路拖到外頭，才感到手腳都是傷。

「你瘋了嗎？」簡子芸一回身就開罵，「讓他們拖到這麼裡面做什麼!?」

「我不想讓他們始終陷在我扔下他們的想法！還有……」康晉翊吃疼的看著

左手臂上的傷，「我想知道林賢州跟四年前火災的事情。」

簡子芸頓了幾秒，「所以你是來問亡者的喔？」

「他們一直陷在火海裡，還挺有效的……」康晉翊露出得意的笑容，「加上我現在一半是都市傳說的一份子……」

「少亂說，你真的想上船嗎？」簡子芸不爽的唸著，「前面有藥局，我去買消毒的東西，你坐在機車上等。」

人都往前跑了幾步，簡子芸又折回來，把抓在手上的東西塞在他手裡，「你不要再跑下去了。」

「不會了啦。」該問的都問到了……低首打開掌心，是個護身符。

喔喔，之前小蛙他們去求護身符時順便求來的嗎？

四年前的事情跟李彥海與蘇妍心有關啊，蘇妍心已經不在了，曾依淑又支吾其詞，看來就剩下李彥海了。他不會忘記林賢州的眼神，除了驚訝外，還帶了閃避……四年前的火災，絕對不單純。

簡子芸買了紗布跟消毒藥水回來，直接在外面幫他包紮，幸好她時間抓得準，不然這傢伙就被拖去陪葬了。

「妳看到蔡志友傳的訊息了嗎？」

「看到了，越看越毛。」她咕噥著，「你說有沒可能幽靈船是故意放那個劉克尚一馬，好讓我們現在查到四年前火災的事？」

「呵呵……」康晋翊忍不住乾笑，「妳太瞧得起我們啦！這種說法好像幽靈船早就知道我們都市傳說社喔！」

「那可不一定啊！」簡子芸雙眼可是發光，「我們夏天學長不正是都市傳說嗎！」

——妳跟火車那傢伙很熟嘛！——

這句話突然闖進康晋翊的腦海中，對啊，劉克尚對汪聿芃說過這句話耶！難道都市傳說彼此是認識的嗎？噢噢噢！可是那句話沒有太大善意啊！

「我覺得只是巧合，或是幽靈船的劉克尚想做些什麼……讓警方注意之類的！」康晋翊因疼而斷了聲。

「如果是爲了引起警方留意，那他倒是成功了，我下午全空堂，所以我剛跑去跟章警官說我們發現的事，他也跨區找李彥海的資料，覺得巧合到太詭異。」簡子芸熟練的繫好紗布，「你知道，兩年前的電影院失火……」

康晋翊倏地抬頭，「跟他也有關係？」

「他在那邊打工，那天還剛好負責失火的廳。」簡子芸略挑著眉，「你說怎

麼每起幽靈船事件都有他？」

「這就是他的三起倖存嗎？」康晉翊從機車跳下，「之前怎麼沒發現？」

「因為他人沒在廳裡，播放電影時他溜班不在現場，跟這歡暢KTV的情況不太一樣。」雖說偷閒翹班不對，但卻因此撿回一命，「章警官說他也聯絡了Y鎮的警察，想重查四年前的火災事故。」

「也好……雖然我覺得都市傳說出馬，可能也不太需要警察了。」康晉翊嘆了口氣。

「約好後天下午見面了，地點是讓李彥海選，他說要挑一個安全的地方。」簡子芸倒是很能接受，「畢竟要把所有人聚在一起……」

「是福不是禍，是禍躲不過。」

他、李彥海、曾依淑加上那位電影院倖存者劉克尙，幽靈船還在等待上船的客人。

船票是有名字的，這次幽靈船誰都不放過。

在蘇妍心車禍後，意外事故彷彿平靜下來，一週的風平浪靜，童胤恒沒有聽見任何都市傳說的聲音，汪聿芃呆坐在月台上也無法再瞧見如月車站的列車。

而輿論中開始傳開「幽靈船已經收滿一百條人命返航」的消息，但整個「都市傳說社」卻沒有人認爲，那些怕被罵的小社員也只敢用私訊或私LINE爲康晉翊加油打氣，他們都覺得一旦超過一百條，就表示幽靈船收一百條人命的傳說需要更正。

最新的「幽靈船都市傳說」已經寫好，但簡子芸尚未發出，因爲康晉翊的推測尚未得到「確認」。

雖然，她一點都不希望得到確認。

星期天下午，大家按照李彥海給的位子抵達目的地的速食店，那是在一台灰色的HONDA，又用手機聯繫叫大家跟車。

「是要去哪裡啊？」蔡志友咕噥著，「搞得這麼神祕。」

五台機車都覺得很奇怪，但依序跟著，每個人下意識瞥著萬里無雲的天空，眞怕那艘船突然又現身了。

結果這一跟有夠遠，幾乎騎了快一小時的路程後，終於來到一大片空地，空地周遭都有鐵皮圍著，但鐵皮有幾處根本掀起或是消失，下車的李彥海就是鑽過那洞口往裡走的。

「這裡能進去嗎？」簡子芸遲疑著，「私人土地耶！」鐵皮上就釘著「私人土地請勿擅闖」的字樣。

「啊就走啊！」小蛙不知道在HIGH什麼，彎身就進去了。

蔡志友就很遲疑，他也覺得私人土地不妙，而且為什麼要帶他們到這裡來？這應該要從長……

「借過！」汪聿芃喊了聲借過，一彎腰就過去了。

「汪聿芃！」還在收安全帽的童胤恒萬分錯愕，「她是……」

「呵……走吧！」康晉翊拍拍簡子芸，「橫豎得進去的！」

簡子芸很無奈的解開安全帽的扣子，蔡志友還蠻想自願留下來，但是那個劉克尚膽子很小，非常謹慎，幾乎只認他，他不去不行。

「搞得像諜報片咧！」童胤恒拎起背包，不過他也是有所準備啦，「欸，蔡志友，那位劉克尚呢？」

「我發位子給他，接到他就進去。」蔡志友一臉無奈，「他說他在附近了，搞不好跟蹤我們咧！」

「嗄？」童胤恒只有苦笑，「我都快不知道能信誰了！」

「李彥海還不許我們錄音錄影，或是把這些事寫進社團裡耶！」簡子芸抱怨著，要是不答應他就不出來，她眞不想答應。

簡子芸跟童胤恒一塊進入私人土地，蔡志友只能在外面等待神祕嘉賓的現身。

童胤恒一鑽過去後，立刻明白李彥海選這塊地的原因。

這確是私人土地，而且還是私人荒地，沒有任何建築物、電線桿，只有荒煙蔓草，而且草還沒很長，都是短雜草，偶有一團等人高的長草，也不至於遮住視線，地上有殘餘的柏油或是土地，其他什麼多餘的東西都沒有。

一路再往前走，就有一小圈等人高的長草，再往後就是這片荒地之中唯一的貨櫃屋，李彥海站在外頭等待大家，曾依淑站在他身邊，顯得有點瑟縮。

「哇，你眞會選地方耶！」連康晉翊都由衷讚嘆，「這裡要出意外眞的太難了！」

四邊距離馬路都很遠，今天就算有個酒駕或吸毒吸到暈的傢伙失速衝進來，要撞到他們很困難不說，這種距離每個人都有時間反應；沒有電、沒有尖銳物、要失火也不知能從哪邊燒，的確是個適合「幽靈船逃票者」相聚的地方。

「我也不是白活的。」李彥海態度與那天到「都市傳說社」截然不同，「把大家聚在一起風險太大，自然得處處留意。」

「所以你知道幽靈船來對不對？」汪聿芃急著想知道。

李彥海輕笑著，「你們誰也知道對吧？」

喔喔喔喔，他真的知道！童胤恒詫異的望著他，果然從幽靈船底下逃出是有原因的！

「你什麼時候聽見的？是聽見還是感應？」童胤恒更為好奇。

「聽見，船一旦開始下錨我就聽見了，上面的口令、倒數計時……」李彥海雙手一攤，「這種情況不逃是傻子吧！」

康晉翊卻不由得皺起眉，「等一下，如果你都聽得見——那KTV那天你在嗎？」

李彥海凝視著康晉翊的眼神相當複雜，笑容裡帶著一抹苦澀。

「太陽很曬，我們進去吧，我都準備好了。」他逕自走向那個貨櫃屋，向外拉開門，「有點簡陋，但至少不必在太陽下曬。」

貨櫃屋可以進去的啊？小蛙探頭進去看，裡面沒想像的髒，是空貨櫃，擺了幾張塑膠板凳，角落還有飲料跟點心，李彥海一進去就先開窗通風，要不鐵皮貨櫃曬久了也很高溫。

「電池的電風扇，大家將就點，這邊沒有電。」李彥海搬出兩台電扇，材積不大，但至少能讓空氣對流。

「你先來佈置過了啊……對，既然都場勘了。」簡子芸他們依序進入，對李彥海的準備工作倒是挺訝異的。

塑膠椅子是疊在一起的，小蛙負責把椅子拉起分開擺好，大家隨意坐下，曾依淑到貨櫃角落的袋子裡搬過幾瓶茶擺在其中一隻的椅子上，供大家拿取。

「你眞是貼心過了頭。」汪聿芃看著貨櫃屋裡的一切，有感而發，「只是說個話需要這麼煞費苦心嗎？」

康晉翊立刻看向她，怎麼說話的啊？

「啊？是喔？」李彥海搔了搔頭，「哈哈，我大概服務業做慣了吧！哈哈哈！」

「就只是在這邊談怕悶，爲什麼要這樣講話？」曾依淑不太高興的看著汪聿芃。

「是要談多久？連電扇都搬來也太有心。」汪聿芃繼續她的質疑，「我不是說你這樣不對，我就是覺得奇怪，什麼事不能在電話講，一定要當面，還要挑這麼個地方？」

「就是不能在電話講才要當面談啊！」李彥海倒是失聲而笑，「妳這女生很

妙咖耶！」

童胤恒戳戳汪聿芃示意她少說兩句，別把場面搞太僵啊！

「你還沒回答我剛剛的問題！」康晉翊急切的想知道那天失火的事，「照理說，你應該早知道幽靈船來了對吧？」

「一半。」他轉向童胤恒，「我不知道你多久前聽得見，我是倒數前一分鐘。」

哇，比他久！「三十秒。」

「一分鐘的時間，如果你記得那天的狀況，就知道我應該是什麼時候聽見的。」李彥海勉強笑著，「我是拿蛋糕出冰箱時才聽見的，所以我叫你上樓記得嗎？」

那天遞蛋糕給他時……他以為是看見火花後才叫他上樓的！

「所以那時你就知道是幽靈船了，為什麼會選擇再進去？」簡子芸覺得衝突，「你剛才說不逃是傻子，但你推康晉翊上樓後卻選擇回去。」

「因為我包包在員工休息室啊！」李彥海說得理所當然，「我既然還有一分鐘，我當然要快點去拿我的手機跟重要物品吧！」

「那你之前在我們社團說那些事發經過……都是假的囉？」康晉翊瞇起眼，

「什麼因為要拿滅火器離開地下室，一出來就被其他同事拉走那段……」

李彥海聳肩攤手，「總要有個官方說法，你以為都失火了，還會有什麼同事在乎你的死活啊！我逃出來時就只有我了！」

「靠夭，你應該要通知大家逃跑吧！」小蛙忍不住咒罵，「都知道幽靈船來了，你還一個人跑？」

簡子芸略咬了咬唇，知道小蛙正義感強烈，但是……那種情況真的能通知大家逃命嗎？

「那是都市傳說耶，既然知道幽靈船來就是要收一百條命，叫大家逃跑好像有點怪耶！」汪聿芃先出聲，「這不是見死不救，而是如果妨礙幽靈船收命，隔天改收別人的命！」

怎麼做都不對的情況下，或許乾脆不要做了對吧！她突然看向李彥海，有種非常能理解他做法的感覺。

「他不會說的！他知道幽靈船是來找他的，逃走已經很令都市傳說不爽了，如果再礙事就更糟吧！他都逃幾次了！」童胤恒不是不明白，只是他做不到，「但是你都不會頭痛的嗎？第一次還好，第二次開始我一聽見聲音，頭就痛得行動遲緩。」

「頭痛？你會嗎？」李彥海顯得有些訝異，「幸好我沒有，要不然會來不及跑。」

「喂，做人不能這樣吧，你明知道或發生事情卻不告訴大家？」小蛙完全不能接受，「明天的事明天再說，至少先救現在的人啊！」

「我能救多少人？今天我救了五十人，明天幽靈船開到別的地方再燒其他五十人，我也要去救嗎？」李彥海的口吻瞬間變了，「我不是超人，我也沒興趣當英雄，我只想過自己的日子而已——幽靈船一再出現在我身邊，我躲它都來不及了！」

「能救多少就救多少人！」小蛙跳起來指著李彥海，「你這樣睡覺安心喔？」

「挺好的啊！」李彥海倒無所謂的聳了肩，「你怎麼不問你社長，睡得好嗎？」

話鋒一秒轉到了康晉翊身上。

李彥海轉頭看向正對面的康晉翊，他略倒抽一口氣。

「我不是逃離，我是意外，我並不知道有幽靈……」

「但你還是活下來了，因爲同伴的提醒，當你逃過第二次第三次時，你會每次都通知所有人嗎？」李彥海嘴角挑著冷笑，他才不相信。

「我……」康晉翊的確沉默了。

「不必問他這種沒發生過的問題，我還想知道兩年前的電影……」簡子芸話說到一半，看見貨櫃屋門口的人影，頓時噤聲。

蔡志友帶著神祕的劉克尚來了。

「很神經質。」塊頭大的蔡志友得彎身進來，拇指指向後方的瘦弱身影。這位劉克尚戴著鴨舌帽，還戴上口罩，頭垂得很低，不過還沒進貨櫃屋就恐懼的左顧右盼。

「放心，我確認過沒有危險物品，而且這個環境發生意外，我們都來得及反應。」彷彿知道他的憂心，李彥海語氣變得溫柔。

劉克尚這才遲疑的走進貨櫃屋裡，但就卡在門口。

「坐這兒吧。」童胤恒搬過另一張椅子，但劉克尚卻搖搖頭。

「你這樣卡在那邊大家會不安的喔！」汪聿芃話說得直截了當，「很像在擋我們生路耶！」

汪聿芃！簡子芸又推了推她，她說話實在是……噢！

「我……」劉克尚很遲疑，最終還是走進屋子裡，選擇坐在窗戶邊。

「你們認識吧？」蔡志友也拖了椅子坐下，「這位是劉克尚，四年前P市火

災倖存者、兩年前電影火燒事故唯一生還；你旁邊這個曾是電影院員工，也算逃過一劫的人。」

劉克尙迅速偷瞄李彥海一眼，立刻搖搖頭。

「我們的工作只有撕票根而已，一秒不到，搞不好他也沒看我，怎麼會記得！」李彥海打量著劉克尙，「你這樣活得也太累了，你聽得見幽靈船的聲音嗎？」

劉克尙搖頭搖得激烈，「你們……你們都是聽得見的幽靈船的人嗎？」

「電影院的意外，沒人知道是幽靈船。」康晉翊沉穩的說，「都市傳說的事拿捏不準，不曉得會不會繼續放過你。」

童胤恒塞了瓶飲料給劉克尙，試圖表現親近，「你當初感受到地震外，還有什麼嗎？」

劉克尙絞著雙手，就是不接過飲料，雙眼直瞪著自己的手看。

「我……也是九死一生。」他囁嚅的說。

「靠！又一個顧自己活命！」小蛙簡直不敢相信，「你們眞的會這樣嗎？我發現有危險我會跟大家講啊！」

汪聿芃用力點頭，童胤恒自是深表同意，康晉翊矛盾得不知道該不該回答，因爲總忍不住想起喪生火窟的同學們。

「話說得太輕巧了，有時不是說不說的問題，或許跟社長一樣，一陣慌亂來不及那怎麼辦？」蔡志友扭開瓶蓋，「不能要求全世界每個人都遵循一樣的價值觀，沒人規定非得救人不可。」

小蛙愣了兩秒，說了聲幹！

「這是觀念的不同，的確用理來說，不能說不通知大家就是不對，這是道德上的問題。」童胤恒看向劉克尙與李彥海，「但他們如果心安理得的話，我們旁人多嘴什麼！」

「虧你們心安理得耶！」小蛙無法接受。

「爲什麼不？」劉克尙別過了頭，「我活下來是我幸運，我感到地震但是我也沒先跑啊，而且我對別人沒有義務責任吧！」

嘿！李彥海突然擊掌，忍不住想跟劉克尙來個HIGH FIVE，不過依然是自討沒趣，劉克尙根本不想理他。

「小蛙，照你這樣想，我就得一直去通知大家了。」童胤恒嘆著氣，「我今天救到這三十人，後天死了五十人，那五十人的家屬會不會怪我犧牲了他家人，卻救了第一批的三十人？」

小蛙翻了個白眼，「靠夭！這太複雜了，不能單純救人嗎？」

「人本來就不單純啊！用腳趾頭想就知道，你要救了第一批，第二批一定會怪你的，怎樣都有人說話！」童胤恒拍拍同學，「別用高道德的標準去要求每個人啊！」

「等你站在我的立場，你就會知道了。」劉克尙囁嚅的說著。

小蛙依然不認爲，他就是覺得能力到哪裡做多少事，像那天地鐵事件，他知道動手一定出事，但就是看不慣對方拿警棍勒汪聿芃的頸子，她是女孩子不說，都不能呼吸了沒看見嗎！

進警局他也不管，先揍對方再說！

「好了，回到電影院吧！當時只有你一個活下來嗎？」蔡志友趕緊平息這帶著小火花的氣氛，拍拍劉克尙，「再細微的徵兆都請你說說。」

劉克尙皺眉，不解的搖了搖頭，「先是覺得有地震，然後發現煙一下就竄上來了，我坐在影廳後面的高處，發現時早來不及了！」

「他……他眞的很幸運，我知道有生還者時眞的很驚訝！」李彥海微笑望著劉克尙，「那個影廳位子的逃生口非常差！」

「所以我嚴重的嗆傷，到現在連聲音都好不了。」劉克尙的聲線的確沙啞，

「氣管灼傷的痛苦，你們很難想像。」

「兩年前的事情大家也都忘得差不多，不過那時大家都很憂心電影院的逃生設施，出入口電線走火，結果造成嚴重傷亡。」康晉翊邊說邊覺得不可思議，「一般影廳裡至少有兩個出口吧？居然會這麼慘！」

「那時就是門口附近的電線走火，但是因爲門邊有簾子等易燃物，地毯更是直接燒起來，火勢一發不可收拾。」身爲前員工的李彥海果然清楚，「我們另一道門根本鎖住沒開，唯一的門又莫名其妙短暫卡住，可能是火災導致變形，也有可能是機械故障，後來也沒辦法得到結論，總之卡住的那幾秒，就足夠讓大家被濃煙嗆傷嗆暈，因此我才說他很幸運！」

「那幾秒跟地獄一樣……火是橘色的，但其實火場裡是跟地獄一般可怕的黑，我座位在上面，失火的門口不但在下方，還要再右轉出去，位子眞的很差！當大家往下逃難，濃煙早就追上我們了……」劉克尙一邊說一邊發抖，蔡志友趕緊按住他肩頭給他力量，「我、我我什麼都看不見的踩空，一路往下滾，好像鬼到地面後就跟瞎子一樣很努力地往門口的方向爬，我爬過了好多人的身體……好不容易才推開門逃了出去……」

劉克尙一邊說著，聲音帶了哽咽，雙手絞緊，彷彿回到了當時的火場中，每

個細胞都感受到恐懼。

「那……你們身上有過敏發癢的跡象嗎？」康晉翊更想知道這個。

劉克尙狐疑搖首，李彥海一怔，「過敏？」

「曾依淑，妳沒給他看喔？」汪聿芃喚了始終不發一語的曾依淑，她幾乎挨在李彥海身邊，卻低著頭什麼都不說。

曾依淑遲疑的揭起她的短袖，露出右臂上面的印記，這個印記倒是讓李彥海以及劉克尙嚇得跳起，臉色發青！

「這是什麼!?」劉克尙嘶啞的吼著。

康晉翊也從容的拉起自己的T恤，給他們看那個又大又鮮明的圖騰，李彥海的臉色就更難看了。

「一……一樣？」大小差別罷了。

「這個東西會出現在幽靈船肆虐過的場所，這次不管是歡暢KTV還是美式餐館裡，全部都有這個圖案。」康晉翊拉下了衣服，「我、出事的王芊君以及蘇妍心，包括現在的曾依淑，事發後身上都有一處開始發癢，會一直抓到滲血，這個圖騰便會浮現。」

「這個代表著大家都是幽靈船的人，誰也逃不過！」簡子芸凝視著李彥海說，希望能捕捉到任何訊息。

李彥海很緊張的打量自己，「不，我從來沒有發癢，甚至這一次離開ＫＴＶ後我——」

他剎時頓住了。

第十二章

誰該上船？

李彥海神情與姿態都僵硬，再想佯裝，眼神卻已告訴大家──他身上有什麼正發生。

「你該不會有很癢的地方，但是你忽略了吧？」汪聿芃好意提醒，「或是你以爲只是單純的過敏？」

李彥海果然潛意識摸向自己的背部，小蛙即刻起身走過去，就要「協助」觀察。

「幹！你做什麼！」李彥海曲起右手，大力揮動，粗暴的揮開小蛙，「別碰我！」

曾依淑亦上前輕拉住他的衣服，「你也有哪邊過敏發癢嗎？」

「沒有！妳不要多想，我跟他們不一樣！」李彥海嚴正的否認，但眼神相當閃爍。

「我勸你還是看一下好喔！這一次的幽靈船不會放過逃票的人呢！」汪聿芃好心勸告，只是態度很機車。

李彥海冷笑著別過頭，一副他都逃這麼多次沒在怕的樣子。

看來他想繼續逃下去吧！童胤恒在心裡沉吟著，就算幽靈船每次爲了他出動，一百條、兩百條命的收，他應該也不會在意。

「既然生死有命就隨便他吧！」簡子芸平靜的出聲，「我們還想知道四年前的宿舍火災——」

曾依淑顫了一下身子，蒼白的臉與眼神讓所有人留意，她一定知道些什麼，相反地李彥海卻相當從容。

「四年前的事，我想或許就是幽靈船吧！狀況就如同我們跟警方說的一樣，是劉克尚……抱歉，不是你，是另一個同名同姓的人，就是那個劉克尚煮泡麵煮到一半引起的火災。」李彥海輕描淡寫的說著，「這些找報導都找得到吧！」

「那裡完全沒有幽靈船，一個印記都沒有！」汪聿芃斬釘截鐵，「我在裡面看過，一枚圖騰都不存在，那不是幽靈船！」

李彥海挑了眉，睨向汪聿芃，「妳確定妳眞的每一個角落都看過了？」

「對！我確定！」汪聿芃毫不以爲意，與李彥海對視著，「說起來你可能不信，但是我們都市傳說社或許因爲接觸過都市傳說，很多人都能見到幽靈船，而且也能看見當年事發的場景或幻象，至少我可以站在陷入火場的舊宿舍裡，親眼看見一切……」

「你們可以在火場裡看見一切？」李彥海倒抽一口氣。

汪聿芃眼尾瞄向左方，鎖著站在李彥海身後的曾依淑。

「我看見王芊君敲妳的房門叫妳出來，對吧？」她自信的勾著笑，換得曾依淑的蒼白臉色，「我在火場裡等著，沒有出現該有的圖騰，也沒見到幽靈船下來的蹤跡。」

李彥海卻只是微微一笑，「每個角落？那你看過劉克尙的房間了嗎？他的房間現在已經改成上鎖的儲藏室了，妳有進入那間儲藏室看過嗎？」

汪聿芃微愣皺眉，「我只能在走廊上看，我不能進入別人的房間，更別說你也知道儲鐵室上鎖……但外面的整條走廊上並沒有任何圖騰！」

「不需要一定要進入吧！」康晉翊也發難，「KTV跟美式餐館燒成那樣子，在牆上固定的位子上都有幽靈船的印記！」

李彥海居然低低的笑出聲來，「同學！你有沒有搞錯一件事情？你們在意的是究竟是不是幽靈船吧？難道你們沒想過，幽靈船想收的只有他，不是我們其他幾個嗎？眞有幽靈船的印記或是痕跡，也該只有他的房間有吧？」

所有人都傻了，童胤恒不可思議的看向汪聿芃，看見四年前火災的只有她，他跟康晉翊都沒來得及跟上啊！

沒有人想過這個可能性，因爲美式餐館跟KTV都是集體大量的死亡，從來沒有人想到如果有生還者……難道當年長條鐵皮屋中，幽靈船本來就只想收一

個人的命？

劉克尚低聲的問著蔡志友，那我的電影院也有那個圖騰嗎？小蛙在旁點頭，他當代表去看過了，超大的圖案陰刻在入門的木板上，自然也不是每個人都見得到。

「汪聿芃，妳有看過那間儲藏室嗎？」

「就上鎖怎麼去！厚！」汪聿芃萬分惋惜，「我沒想過這點，早知道那天就請房東幫我們開了！」

「根本沒人會想到這點吧！」簡子芸也非常震撼，「所以……」

「我是四年前那場火災後，才開始聽得到幽靈船的動靜。」李彥海突然直白的說，「所以我眞心也覺得那天是幽靈船出航了。」

曾依淑竟嚇了一跳，「眞的嗎？你那時就知道是都市傳說？」

「對，所以我才會叫大家快逃，記得嗎？」李彥海後仰看著曾依淑，「那晚是我先大喊的？」

曾依淑立即點頭，對……那天晚上的確是李彥海高喊失火了，才提醒大家。

「我一直以爲是你們在打架，聲音好大，然後——」

「妳以爲是什麼不重要，重點就是幽靈船！」李彥海即刻打斷曾依淑的話語，這讓童胤恒覺得非常可疑，打架？他們跟蘇妍心當晚有爭執？誰們？

「曾依淑，妳剛想說什麼？那天晚上吵架了嗎？」童胤恒抓著點追問，「誰跟蘇妍心？」

「李彥海吧！那天晚上有爭執，他跟劉克尚還有那蘇妍心大吵。」接口的是康晉翊，這可讓所有人錯愕了。

曾依淑緊張的看著大家，又低頭看向李彥海，一副不知所措的模樣。

「室友難免會因小事爭執，這有什麼……」他倒是瞥向康晉翊，「你爲什麼知道我們吵架？蘇妍心說的？」

「不。」康晉翊微笑，「是林賢州，我還知道是因爲感情糾葛。」

林賢州？曾依淑狠狠倒抽一口氣，李彥海略微握拳，久未聯繫的朋友，他也知道對方葬生在KTV的火窟了。

「你去問他的嗎？觀落陰喔？」蔡志友驚訝的問著，這件事之前都沒說啊！

「觀什麼咧，直接回火場去就好了啊，我現在跟幽靈船的連結可大的咧！」

康晉翊拍拍胸脯，不知道在驕傲什麼，「KTV喪生的人一直還在那裡被火焚，小綾跟林賢州他們都還在，對我有怨……總之，我提起四年前的事時，林賢州很慌張，脫口而出。」

「哇塞，直接問鬼……」小蛙這口吻絕對帶著驚奇與羨慕。

但對於李彥海跟曾依淑就沒有這麼值得興奮的了，曾依淑白著臉色咬著唇說不可能，李彥海只是蹙起眉心，打量著眼前這票學生。

「吵架的事跟失火沒有關係，那都是劉克尚疏忽導致的悲劇罷了！」

「是嗎？」汪聿芃毫不掩飾質疑，高抬起頭直視李彥海。

李彥海也不多做解釋，直接拿起手機，其他人依然陷在那問題中：眞的有可能只針對一個地方嗎？

「我以爲幽靈船出來就是大起意外耶！」小蛙也覺得詭異。

「那王芊君的事怎麼說？」蔡志友提出反證。

「她是……就故意的啊！」小蛙不敢說得太白，這樣康晉翊跟曾依淑會難過。

「好了！電話裡是那宿舍的房東，他說他今天剛好在，也記得見過你們！」李彥海按下手機擴音，「你們要不要現在就去求證？這裡離那間宿舍不遠，騎車十五分鐘就會到，他在那邊等你們，開儲藏室給你們看。」

『喂？聽得見嗎？我現在就在這裡啦，今天來修一下燈，你們要不要現在過來？』房東在電話那頭喊著。

汪聿芃即刻站起，「我去！立刻到！」

語畢立時轉頭看向右手邊的童胤恒，沒有機車的她，當然只能依賴童胤恒囉！

「我陪她去。」這是早知道的事，童胤恒從地上拎起背包，「有狀況立刻回報！」

因爲他也很想知道到底四年前的火災是不是因爲幽靈船？畢竟「都市傳說社」每個人在會面之前，都認定了四年前的事有問題、李彥海有問題，但他突然說出這樣的論點，卻讓大家都愣住了。

連最愛論證的蔡志友都沒反駁，就知道大家有多需要親眼目睹。

但是，怎麼想都覺得事情繫之於四年前的火災，否則爲什麼這一次的事件幾乎都繞著當年的倖存者呢？扣掉康晉翊，曾依淑那三個女生眞的是幸運，剛巧遇到他聽見幽靈船的下錨聲，剛好遇到短跑冠軍的汪聿芃，否則她們現在也只是三具焦屍罷了！

所以幽靈船原本就是要把她們收走的，四年前所有活下來的都該收走。

這太詭異，如果當年長條屋宿舍全部都該上船，是因李彥海察覺才讓多數人逃過一劫，那整間宿舍都該是幽靈船的印記，他們身上是否也該有圖騰？

如果正如李彥海所言，本來就只針對劉克尙一人的話，何以這次又要收他們

上船？

難道他們是當年時候未到，而現在要來載走嗎？這種巧合太令人難以置信了！都市傳說既無規則、沒有道理，那又怎麼會重覆在同一批人身上做文章？汪聿芃東西一拎就衝出去了，童胤恒每次都不懂她跑這麼快幹嘛，還不是得等他。

「我們走了！」他禮貌的跟大家頷首。

康晉翊用眼神示意著，請他們多加小心，有狀況就用電話聯繫，童胤恒再度點頭後，匆匆離開了貨櫃屋。

「所以我現在得等他們證實我的清白對吧？」李彥海吁了口氣，拿起飲料也開始喝，「否則你們每個都一副懷疑我的樣子……說眞的，你們到底懷疑我什麼？」

「都懷疑吧，整個事情就很奇怪。」小蛙倒沒客氣，換到童胤恒的位子離他更近，「李彥海，你眞的百分之百跟四年前火災沒有關係嗎？」

「怎麼沒關係！我是倖存者耶，曾依淑也是。」李彥海又舉起飲料喝著，身後的曾依淑繃著身子，像一口氣上不來。

「你每一次都能夠死裡逃生，我反而覺得非常離奇。」蔡志友瞇起眼，不客氣的打量他，「你面對的是都市傳說耶！」

「那是因為我聽得見幽靈船的聲音，足以幫助我。」

「問題是才第二次，也聽得見的童胤恒就會因頭痛而行動受阻，更別說很快便被發現，幽靈船在帶走王芊君時，並沒有讓他聽見。」簡子芸提出質疑，「你躲過三次了，都市傳說應該沒這麼白痴吧？」

「這我就不知道了，不必把所有情況混為一談，既然知道是都市傳說，就知道它沒有原則跟邏輯，大家都說收一百個，這次已經一百零一個了。」李彥海根本不以為意，「我聽得見、不會頭痛，我身上也沒有發癢、更沒有圖騰，說不定……我一開始就不是幽靈船要的人。」

「這我還真不信了。」康晉翊冷笑出聲，「我反而覺得是因為要你，幽靈船才追著你，動輒就是上百條人命。」

「那也不是我能決定的不是嗎！」李彥海並不避諱的看著康晉翊，冰冷的眼神反而令人有些不適，「就像這次，天曉得幽靈船要收幾條……」

「至少我們幾個逃不掉吧！」康晉翊接話接得乾脆。

李彥海倒是相當平靜，輕蔑一笑。

「喂！妳！」小蛙突然大聲的用下巴指向曾依淑，「這傢伙說的都是實話嗎？妳也在那間宿舍，蘇妍心跟王芊君都出事了，當年一定發生了什麼事，妳知

道但妳不敢說對不對？」

曾依淑痛苦的深呼吸，偷瞄著李彥海，她很害怕，所有人都能瞧見冷汗從她頰畔滑下的緊張。

「少來了！你們幹嘛逼她，她根本什麼都不知道！曾依淑當時待在房間裡，要不是我喊失火了，她不知道何時才會發現。」

蔡志友倒是盯著曾依淑，「是嗎？那為什麼她現在看起來很害怕？而且完全一副心虛的臉了？」

「我、我沒有！」曾依淑立刻別開眼神，「我當年真的就在房間裡打電動而已，我什麼都不知道！只是聽見外面在吵架而……」

「曾依淑！」李彥海突然咆哮的站起，他半回身瞪著曾依淑，讓她立即噤聲。

「你為什麼要阻止她？有什麼事不敢說？」簡子芸氣得起身，就要走向曾依淑，「曾依淑，妳過來，不要怕他！」

「李彥海跟劉克尙在吵什麼？還有蘇妍心也在裡面？」康晉翊追問著，「是三角戀嗎？」

簡子芸朝曾依淑伸出手，但李彥海卻擋住她的去向，背對著所有人，大家都瞧不見曾依淑的眼神。

「你不要威脅她！」簡子芸直接上前，扳過了李彥海的左側身子。「曾依淑妳來我們這……」

電光石火間，回身的李彥海右手竟握了沉重的袋子，直接從簡子芸的頭尻了下去！

「啊！」劇痛襲來，僅一秒的時間，簡子芸瞬間失去了意識，重重倒地。

「喂——」這速度令人措手不及，最近的小蛙才要往前，李彥海再反手一揮，布袋打暈了小蛙。

緊接著是第一時間就想逃的劉克尚，但是他的動作沒有比曾依淑快，她在簡子芸倒地時已經跳到了門邊，一把將貨櫃門給拉上，橫門甚至閂上了！

康晉翊這才看見李彥海手裡握的是沉重的袋子，剛剛他手上根本沒拿……是曾依淑遞給他的嗎？在他回身的時候遞交？

只見李彥海用疾速的動作拉過蔡志友，直接拿膝蓋在他肚子上頂了一腳，即使虎背熊腰，蔡志友也沒有反應時間，才一彎腰，李彥海即刻使勁將袋子往他的後腦杓擊去。

砰磅，蔡志友重重趴地，劉克尚驚恐的貼在窗邊，回身抓著欄杆放聲大喊，「救——」

啪嚓，李彥海手裡的袋子直接一擊，就讓劉克尚倒地，他連喊都還沒喊完。

康晉翊不可思議的站在原地，手裡已經抓起板凳當抵禦武器，「這是在做什麼!?」

李彥海只是微笑，甩動著他手裡的袋子，明明只是個塑膠袋，看上去卻非常的沉，裡面不知道包了什麼，擊中同學們時都能有迴音，而且一擊就能使人暈過去。

曾依淑別過頭去，她完全不敢看康晉翊，卻依然死守著門。

「是你對不對？四年前火災是你弄的——曾依淑，妳這樣睡得著嗎？」康晉翊主攻意志力薄弱那個。

「我能保護她，你們呢？」李彥海一步步逼近康晉翊，「放棄吧，我保證痛苦不會持續太久的！」

「痛苦？你想做什麼!?」康晉翊舉著板凳往他刺來，「別忘了我們還有人在外面，他們回——」

「等他們回來時就來不及了，只能看見燒焦的你們，幸運的話還能看見美麗的火。」李彥海俐落的閃躲板凳，他的身手比大家想像的都好！

啪——在某個瞬間他握住了板凳椅腳，用力往自己身後甩去，逼得康晉翊趕緊鬆開手，但就在這閃神的瞬間，那袋子直接從右側襲來。

咚。

連康晉翊都能聽見自己腦子裡的迴音嗡嗡……眼前一片黑，他連自己怎麼倒地的都不知道。

「別說四年前了，兩年前的電影院、這次的歡暢KTV，都跟我有關係吧。」李彥海愉快的站在原地，環顧四周地面上昏迷的學生們，「玩社團輕鬆玩就好了，你們眞的玩太大了……曾依淑，妳出去，叫車過來。」

曾依淑趕緊碎步跳過簡子芸，把自己的東西拿起，李彥海則把所有板凳電扇弄倒、讓飲料到處滾動，製造一副凌亂的樣貌，反正等燒乾淨了，就什麼都沒了。

遲遲沒聽見出門的聲音，他不由得回首，卻見著曾依淑一動也不動面對他站著。

「妳幹嘛？快出去啊！」

「一……一定要這樣嗎？」女孩轉過身，淚如雨下，「他們沒做什麼，你爲什麼要殺掉他們!?」

「沒做什麼？我說妳是傻了嗎？他們都已經查到四年前的事了！曾依淑，妳沒忘記我們是一條船上的吧！」

「我才不是，你們的事跟我無關，我什麼都不知道、我沒介入你們的感情事情，舉棋不定的是蘇妍心——」

「漠視也是一種罪，我看見妳的腳了。」李彥海正一一檢查所有人的手機，「那天妳根本是在門邊偷聽。」

曾依淑緊張的嚥了口口水，「我……我……」

「妳什麼都知道，只是假裝看不見而已。」李彥海拿起小蛙的手機冷笑，「錄音！我就知道你們這群學生……不能信。」

李彥海關上小蛙的手機，小心的抽起外接記憶卡，帶著輕蔑般的彈到小蛙身上。

曾依淑抿緊唇不再說話，轉身就往外走，拉開貨櫃屋大門的時候，不由得又回身，「所以，劉克尚是你們……」

「出去吧，曾依淑。」李彥海沒回應她，只是讓右手上的手機落在地上。

一一檢查完所有手機後，他走到放飲料的袋子裡，拿出了一瓶麥茶飲料，扭開來後沒有澆淋在任何人身上，而是來到康晉翊身邊，謹慎的潑灑在牆面、地板，還有門邊，最後置於他的腳邊。

「都市傳說社社長因倖存後心生愧疚，與社員發生爭執後，引火自殺。」李彥海嘆了口氣，「瞧，我連新聞標題都幫你想好了。」

輕輕一彈，飲料瓶頓時倒地，李彥海還靈巧的閃過了流溢一地的易燃物，直直接跳了出去。

「李彥海，你眞的要害死他們嗎？」一出去，曾依淑立刻迎上，「我們不必做到這樣吧？」

「妳想死嗎？」他帶著笑瞅她，「現在只有我知道幽靈船什麼時候來喔，曾依淑。」

她害怕得淚水滑落，難過得緊揪衣角，「之前明明不是這樣的，那我手上的圖騰呢？」

「妳放心吧，他們解決後就沒事了！」李彥海看著另一邊駛來灰色的車子，「人數絕對可以替補我們！」

曾依淑互絞著雙手，依然良心難安。

李彥海往外走了些，朝遠處駛來的灰色車子招手，空地另一面其實有供車子出入的空間，這當然只有他知道而已。

接下來就是算個時間……李彥海從口袋裡拿出舊式火柴盒，滿足的推開紙盒，抽出裡面的火柴棒。

「你要做什麼？」曾依淑全身都縮著，抱著雙臂發顫。

李彥海輕哦，回眸衝著她笑，「妳不覺得……火很美嗎？」

童胤恒將兩個人的背包放進後車廂，順手拿起安全帽戴上，另一頂掛在前方，平時汪聿芃都會主動去拿的，只是在他戴好的這時，前頭掛鉤的安全帽依然在那兒。他狐疑的回頭，汪聿芃就站在那破損的鐵皮外，視線卻是向左看著這條馬路的前方，路邊停著簡子芸跟康晉翊的摩托車，還有……還有？童胤恒定神一瞧，剛剛那台灰色的汽車怎麼不見了？

「咦？車子呢？」童胤恒往後看著，蔡志友跟小蛙的機車都在，就只有李彥海那台灰色車子不見了！

「對啊，車子呢？」汪聿芃喃喃說著，「不對，不對勁！」

「開車的不是李彥海嗎？還有其他人？」童胤恒也開始覺得不安，「多帶了多少人？我們居然沒有注意到這件事……」

那時根本沒人留意到他們下車！因爲機車抵達時李彥海已經在路邊了，所以他們自然以爲車子是李彥海開的，以爲是他載著曾依淑前來！

車上還有誰嗎？有隱瞞就令人不快！

「不是印記的問題，是沒有人下來……對！」汪聿芃眞的想釐清事情，「如果鐵皮屋火災是幽靈船收命，那繩索應該會垂降吧，下錨有痕跡的，窗戶上會有繩索牽扯……不對不對，都沒人！」

「好。」童胤恒拔下鑰匙熄火，「按照李彥海的說法，幽靈船要的只有劉克尙，所以——」

「應門的是幽靈船的劉克尙，他叫我仔細看……那是幻覺，讓我們身處在事發當時的景象對吧？」汪聿芃開始來回走動，「我沒聽見聲音，也沒有人試圖敲門或是扭開門把，濃煙這麼可怕，曾依淑或是王芊君都在大喊，人如果醒著就不會沒聽見——連咳嗽都沒有！」

童胤恒迎向汪聿芃驚訝的雙眸，「如果那個時候，劉克尙已經沒有意識的話……」

「他們在打架，曾依淑剛剛說了，聲音好大，她以爲他們在打架……」曾依淑說得不多，但依然能推敲，「如果爭執中劉克尙被打暈，或是受傷了——甚至……」

「康晉翊說過是感情事件，蘇妍心我見過，兩男一女的感情事件能有什麼？

他們都喜歡蘇妍心……便是爭風吃醋。」童胤恒遲疑兩秒還是搖頭，「這還是不能確定幽靈船是不是只接劉克尚！」

「他的眼神不對。」汪聿芃眼神瞪著地磚，「那不是一般人的眼……」

「誰？李彥海？」

「那是可惜的眼神……對！是惋惜！」汪聿芃再度抬頭抓住他的雙臂，「嘴上說電影院那個劉克尚很幸運，但是卻是可惜的嘆息；那天在社團時，康晉翊說到KTV大火時只有濃煙，卻沒有火燄時，他超失望的！」

「嗄？有嗎？」眼神的事要怎麼拿捏。

「有！他還嘆息說是啊……」她開始激動，眼神往旁邊瞟去，「剛剛也是，他看那個劉克尚的眼神是種不解，彷彿他本不該逃出來……他、他覺得……」

「妳知道妳現在導向一切都是李彥海做的嗎？」童胤恒追不上汪聿芃思考的速度，「妳認爲他是……主謀還是凶手……」

汪聿芃動作誇張的收手，回身看向剛剛鑽出來的洞，「對！他喜歡火！」

什麼？這是哪門子連結的想法？

童胤恒來不及喊，汪聿芃直接鑽進那洞口就衝進去了。

「汪聿芃！」

第十三章 遠颺

他喜歡火！對，提起火災的表情，聽見他們站在火場裡時的羨慕，他是用欣賞的態度在看著火災！

縱火者都喜歡在現場觀看自己的傑作對吧！不管四年前發生什麼，總之劉克尚一定沒有意識，驗屍沒有驗出是死後燒死，但就表示可能昏迷失去意識，所以才會不管濃煙多大、呼喚聲多驚人他都在房間裡……搞不好連煮泡麵的失火原因都是別人搞的咧！

到底是誰煮泡麵煮到一半會進房間啦，泡麵煮太久會爛耶……不對！泡麵用泡就好了幹嘛煮啦！

不管怎樣，她就是想回去再看一眼，希望是自己多心！

汪聿芃飛快的奔回，童胤恒連安全帽都來不摘的跟在她身後，看著她的背影越來越遠，就更加確定她真的是短跑冠軍！

剛把火柴從飲料袋邊的窗戶扔進去，曾依淑立刻驚呼出聲，「汪聿芃！」什麼？李彥海趕緊奔來，看著遠方跑來的汪聿芃……她怎麼跑這麼快！火都丟進去了，根本來不及掩蓋！

李彥海咬牙衝上前，準備攔截汪聿芃——她瞬間靠右，繞過中間那一圈等人高的草叢，錯開了李彥海迎上的路線。

咦？他錯愕兩秒，一轉頭發現汪聿芃已經掠過他身邊了！

「也太快！」他不敢相信那女孩已經奔到貨櫃前了，「曾依淑！」

曾依淑用力搖著頭，她不敢啊！

汪聿芃一眨眼就來到貨櫃前，用力拉開貨櫃門，煙即刻竄了出來，「哇咳！咳！幫我啊，曾依淑！」

女孩望著她，依然淚眼汪汪，「我不……我不知道他們打架發生這麼大的事，他們說是不小心，只是輕輕一推他就暈過去了！但那時蘇妍心以爲他死了！他們才會一不做二不休的！」

汪聿芃不可思議的看著她，「我現在才不想管四年前已經死透的人！幫我拉我同學出來！」

誰管那個劉克尚怎麼死的啦！汪聿芃摀著口鼻就衝進貨櫃裡，煙從貨櫃尾端緩緩冒出，自飲料袋裡開始燒起來的，她衝過去想要滅火，卻發現手邊沒東西可以滅啊！

靠！先拖人出去再說！她一轉身踩到簡子芸的手，一骨碌拉起，將她的手扛上肩就要往外走——砰！

貨櫃門竟陡然一關，她錯愕抬首，「喂——」

「妳來壓著門！」李彥海壓住門，粗暴的拉過曾依淑。

「唷？我不敢！」曾依淑哭著，卻被李彥海往門上壓，「等等燒起來怎麼辦!?」

「在門發燙前裡面都死透了，到時妳再鬆手就好！」李彥海話沒說完，立刻再衝上前，他沒忘記還有另一個人！

童胤恒沒有看見剛剛發生什麼事，因爲被那等人高的雜草遮住視線，但是他想也知道沒好事，因爲有煙從貨櫃裡冒出來了！

邊跑邊解開安全帽的扣環，一看見李彥海繞過草叢衝來，他即刻抓著安全帽就往他扔過去！

「啊！」安全帽正中李彥海，他明明已經閃過了，但還是敲中他的左肩頭，還彈到半空！

繞過草叢，童胤恒沒見著汪聿芃，卻看見曾依淑壓著門——「喂！你們想謀殺嗎!?汪聿芃！」

康晉翊他們都還在屋子裡嗎？才想奔去，李彥海突然一個擒抱，就從旁衝來將他撲倒！氣力十足，童胤恒一瞬間就知道李彥海也是有在鍛練身體的人！

他雖被向後撲倒，但是卻沒有讓自己整個人躺在地上，還是腰力柔軟的下

腰，並且用隻手向後撐住地面，緊接著一扭腰往左轉，帶著李彥海往左邊甩去，兩個人硬是滾了兩圈，直到童胤恒獲得壓在上方的優勢！

「混蛋！」童胤恒趁空就是一個肘擊，直往李彥海臉上招呼。

緊接著他才躍起，李彥海卻又用腳把他夾住，兩個人又摔在地上扭打在一起。

曾依淑緊張的壓著門，看著濃煙越來越多，門的確還沒感覺到熱度，但是……但是……她不喜歡待在這裡！她想立刻就離開這裡！

裡面的汪聿芃試著推門，但肩上扛著簡子芸很難施力，只能用腳踹。

「外面誰啊!?開門，我要是死在裡面……咳咳！做鬼都不會放過你們！」汪聿芃大聲喊著好俗的台詞，空氣好熱！「喂，簡子芸妳能不能醒醒？有點重！」

簡子芸完全昏迷，她低垂著頭，身子沉重得讓汪聿芃得努力撐著才不至於倒下，右邊地面是康晉翊，她伸出一隻腳踹了踹，這傢伙也完全沒有——咦？

因為一隻腳撐住地面，另一隻腳才踢了康晉翊兩秒，腳底竟瞬間一滑，帶著簡子芸兩個人狼狽的狠狠落地！

「哇——啊！……咳咳！」跌在地上的汪聿芃發現身上好滑，撐著地面都難以穩當，伸出手看著掌心上的液體……油？

地上有油？靠！李彥海是真的想置大家於死地啊！

簡子芸摔得挺慘的，直接疊到旁邊的蔡志友身上，但還是沒有人醒，汪聿芃決定要先爬出去，試著去……給……

「咳……咳咳咳！」好燙！她才吸了口氣，喉頭一緊都快燒起來了！

抬頭看，卻突然發現一片漆黑……剛剛陽光照入，現在卻……「咳咳咳……」抓起手機打開照明，卻根本沒有用，而且煙燻得她快睜不開眼！

「火場是地獄般的黑暗」，她明白劉克尙說的是什麼了！跟幽靈船讓他們看見的火場根本不一樣啊！

汪聿芃施不上力了，她轉往門口爬去，一個人的話可能可以衝破……門在哪裡？她開始喘不過氣，已經到了趴在地上才能勉強呼吸到空氣的地步，她得出去，至少先出去再說！

「咳！咳咳……」好難受！

轉向門口……門呢？濃煙燻著她的眼、氣管與肺，她快要不能呼吸了——童胤恒！

屋外的兩個男生持續在扭打糾纏，每當童胤恒有機會掙脫時，李彥海總會更積極的阻饒，抵著門的曾依淑全身微顫，剛剛感受到有人試圖推門，她拼命抵住

了……她知道不該這麼做，但是又怕四年前的事情會被翻出來。

她不想跟那件事扯上關係啊！

這時被壓住的童胤恒找到機會，抓起地上的土就往李彥海臉上砸，沙土進入眼睛，順利讓他暫時失去視線！童胤恒抓緊時機將李彥海往旁甩開，躍起直衝向貨櫃！

「滾開！」他對曾依淑大吼著，「妳也跟著殺人嗎？曾依淑！」

曾依淑嚇得後退，「我不是……我……」

「妳在幹嘛？攔下他！」李彥海捂著眼睛踉蹌跑來。

叭——刺耳的喇叭聲突地傳來，讓大家都嚇了一跳！駕駛打開車門半探出身，氣急敗壞的吆喝著：「你們還在幹嘛？快走了！濃煙已經冒出來，有人會報警，沒有時間讓你們折騰了！」

「幹！」李彥海氣忿得只能作罷，轉往車上衝，曾依淑也嚇得離開貨櫃急忙進入車內。

童胤恒瞠目結舌的看著坐進駕駛座的司機……房東？是那個長條宿舍的房東？搞什麼？剛剛那電話就是刻意引他跟汪聿芃離開的嗎？

可惡！等等再來思考這件事，他先小心的觸碰貨櫃門，確定門還沒有很燙，便趕緊將門打開——結果濃煙驀地全數衝出，迎面嗆得他當場跪趴在地，咳個不停！

左側耳邊還聽得見車子倒車，揚長而去！

「汪……」他吃力的撐起身子，看見門邊就有一隻手！

趕緊爬過去，就要拖出門邊的人！

『就說了火場不是那麼容易逃生的吧！』

聲音輕快的從貨櫃屋裡傳出。

咦？這聲音……童胤恒瞪圓雙眼，聽著這熟悉的聲音，眼睜睜看著一雙腳從容踏出，然後汪聿芃就被甩到他身後的地上！

童胤恒倏地抬頭，看著男孩脫下鴨舌帽與口罩，仰頭看天。

『倒數五秒——』他逕朝天際大喊。

嘰——刺痛再度直穿腦門，童胤恒捂著頭緊握飽拳，痛苦得翻身往地上躺去。

「咳咳……」虛弱的聲音來自一旁，汪聿芃抹著滿臉的淚與灰，撐著站起。

她看著眼前脫去偽裝的劉克尚，這怎麼回事？根本從頭到尾都是同一個劉克尚啊！

「你搞什麼啊!?」她氣得大吼，聲音都分岔了，跌跌撞撞的要再往貨櫃裡。

啪！天空突然銀光閃閃，汪聿芃跟童胤恒同時詫異的抬頭，彷彿誰在半空照相——轟隆！

下一秒雷電劈下，銀紫色的閃電直直劈中了不遠處那台逃離的灰色房車，引擎蓋瞬間起火，砰磅火球竄升，車子轉眼竟爆炸了！

「哇！」汪聿芃嚇得別開頭，不穩的蹲下，車子連續爆炸，聲音相當駭人！

躺在地上的童胤恒忍受著痛苦，雙眼直勾勾的盯著天空那台壯麗的幽靈船，船身猙獰的大嘴正開闔著，像是等待吸取生命！

唰——唰唰，一、二、三，三個人影咻咻地順著繩鉤，被吞進船身的大嘴裡。

104人。

『好囉！人滿了！』劉克尚高喊著，帶著令人厭惡的喜悅。

汪聿芃即刻回頭看向身邊的男孩，卻眨眼間已失去劉克尚的身影……他剛剛就站在她左邊啊！再趕緊抬頭看著幽靈船，大船開始移動，漸漸隱入不知何時已厚重的雲裡。

『幽靈船要收多少人從未有定數，不要自以為是！下次不要想唬弄都市傳

說，不是每一次都這麼好逃的。』

啊……童胤恒聽著腦裡傳來的聲音，根本是種警告啊！

「大家！」汪聿芃不假思索的立刻跑進去貨櫃屋！

「喂！不要貿然……」瞬間頭痛解除的童胤恒吃力爬起，貨櫃裡若是已有大火，汪聿芃進去是找死嗎？

童胤恒跑到門口，卻發現……哪有什麼大火！連濃煙都跟著消散，貨櫃裡透進光芒，只有殘餘的煙與氣味嗆人，連汪聿芃都不敢置信，剛剛那場火只是一場夢？

那片黑暗與……咳咳，她的氣管還是很難受啊！

貨櫃邊角起火點的袋子已經被燒黑，但是沒有任何延燒，童胤恒趕緊確認同學們的生命跡象，全數都還活著，只是相當虛弱並咳嗽，他二話不說先把粗壯的蔡志友扛出去，汪聿芃也再度拉起簡子芸。

大家意識均不清，痛苦的呻吟，消防車的聲音已經逼近了，感謝有人先報了警。

至於五十公尺外的汽車完全被火吞噬，不時還有零星爆炸，但是……沒有人下車。

「呼……」康晉翊痛苦的恢復意識，顫抖無力的手拉住同學的褲管。

但力道太弱所以童胤恒沒有注意，他看著汪聿芃用力交叉揮舞雙臂，對著火燒車方向那兒駛來的救護車與消防車跳著，「這裡！這邊有——咳咳咳咳！」

她這一咳，一發不可收拾，彎下腰痛苦的跪地！童胤恒緊張的趕緊衝上前，撐住她的身體！

「妳嗆傷了，別再動！」換他抬頭大喊，「這裡！這邊有……有五名傷患！咳！」

他自己雖然也輕微嗆傷，但相比之下一點都不嚴重，醫護人員一趕到，立刻著手檢傷，汪聿芃搖頭揮手，叫他們先看其他人！

「這裡！他們都很嚴重！」童胤恒也是亂譋，他不知道同學的狀況如何。

康晉翊率先被抬上擔架時，眼神追著童胤恒，他才意識到他醒了！

「沒事了！沒事！」童胤恒用力握緊他虛弱舉起的手。

康晉翊喘著，手卻往胸口壓……童胤恒見狀，冷不防拉開他的T恤——胸口光滑平整，沒有任何紅腫，也沒有任何過敏，那個圖騰就這麼消失了！

童胤恒看著他的胸口，忍不住笑了起來！

醫護人員才莫名其妙，「好了！不要擔心，他沒事！哎唷，年輕人別這麼急

啊！」

嗄？童胤恒尷尬得紅了眼，他沒有急什麼啦！還在想怎麼解釋，醫護人員已經推著擔架離開！

「你放心！已經滿員了！一共一百零四！」他追上擔架，康晉翊依然緊張的看著他，「船，返航了！」

一百零四人，康晉翊難受得闔上雙眼。

他終於知道爲什麼劉克尚會說他該知道收多少人了，歡暢ＫＴＶ裡他的包廂，就是104號。

施工怪手聲音隆隆，學生們騎車在遠處望著歡暢ＫＴＶ的拆除作業。

康晉翊自是百感交集，只希望同學們不要繼續再在那邊遭受火焚，美式餐館下星期也即將拆除，事情既已發生，無力挽回，屋主自然要往前看。

他們也找了時間重返那長條屋的鐵皮宿舍，請房東太太打開儲藏室一窺究竟，的確沒有任何幽靈船的標記——四年前的火災，跟幽靈船毫無關聯。

那或許是一起縱火案，至少警方在李彥海的屋子裡找出了許多現場失火的照片，他的硬碟裡全是火災照片與影片，還有許多電路研究、逃生路線、阻斷方式，幾乎可以確定他是個高明的縱火犯。

四年前可能因爲感情事件，兩個男人爲蘇妍心爭吵，或許打架中打暈了劉克尙，正如曾依淑在驚恐時說的，蘇妍心以爲他死了，所以李彥海一不做二不休……拿出劉克尙的卡式爐，假裝煮泡麵還多放一桶油，火災是最能燒毀一切證物的方式，什麼都不會留下。

被搬回房間的劉克尙還活著，但就在失去意識中被活活嗆死。

剩下的學生們口徑一致，也或許有人不是很清楚當時發生的事被誤導也不一定，但這些都是他們現在回頭臆測判斷，畢竟四年前的火災相關人員已經全數死亡，眞相也跟著消失在大火裡。

甚至連房東爲何牽扯其間，也成爲一個謎，但也不重要了。

「咳咳！」簡子芸忍不住輕咳，趕緊拿出水來潤喉。

他們五個在貨櫃裡的人均有嗆傷，警消也有察覺出異狀，因爲依照康晉翊的嗆傷程度，跟貨櫃裡的濃煙完全不成正比，他們幾乎是九死一生的狀況下被抬出來的，但貨櫃屋裡卻沒有火災？

那天唯一燒得精光的就是那台灰色房車，車被燒到只剩鋼架，車內的三個人

均被燒成焦屍，明明很快就撲滅火勢，卻幾乎燒到僅剩骨頭，不禁令人懷疑爆炸時的瞬間高溫有多可怕。

大家甦醒後也都知道了那個「劉克尚」，與四年前的「劉克尚」根本同一人，真不知道這是不是都市傳說的惡趣味？本尊還親自下來？

至於104這個數字，到底怎麼來的？

童胤恒描述了幽靈船離開前最後的警告，康晉翊怎麼想，都只能得出一個結論——幽靈船故意選中他的包廂號碼，因爲他的脫逃。如果船上的人會下來鉤命，說不定會有焦人、或是劉克尚本尊站在他的包廂門口，發現了他在童子軍的幫助下逃過一劫；門口那塊燒到焦黑的牌子就刻著104，只是隨機。

幽靈船收幾條人命從未有定數，是啊，有誰能掌握都市傳說？

甚至簡子芸回頭再查詢電影院的火災事件時，卻不免起了一股惡寒：新聞跟他們當時查到的截然不同，根本不是十八死一傷，明明就是十八位全數死亡；所幸她當初有截圖存檔，截圖上的的確確多了「一傷」那兩個字。

這從何解釋？唉，其實根本不需要解釋了吧。

「走吧！」康晉翊看著KTV拆除，象徵幽靈船事件的結束，吆喝著大家。

一行人依然不自主的看著蔚藍的天空，想起那雄偉的幽靈船。

又是段漫長的路程，終於抵達那被鐵皮圍起的「私人土地」，大家停好機車，紛紛從後車廂或前踏板搬出一堆東西，再依序的進入那片荒地。

貨櫃屋仍舊在那兒，外頭的封鎖線已經鬆脫，焦黑的車子早被拖走，簡子芸帶著野餐布鋪設在貨櫃前的地上，其他人趕緊把食物擺上去，比薩炸雞可樂潛艇堡應有盡有，今天可是「生還聚會」。

汪聿芃開心的幫大家倒可樂，一起舉杯慶祝。

「恭喜大家還活著！」她高聲說著。

「對，恭喜大家還活著。」童胤恒幫大家說話，現在除了他們兩個外，其他人都不太好高聲說話。

小蛙看著貨櫃就一肚子火，「幹！」

「好啦，他們都燒到剩骨頭了，誰料得到李彥海會這樣做！」童胤恒拍拍小蛙，「總之大家現在平安就好了。」

「虧得你們了……」蔡志友沙啞的說。

「我不居功，是汪聿芃喔！她莫名其妙就說李彥海眼神有問題，還說他喜歡火。」童胤恒朝向汪聿芃，「我啊，最多就是發現李彥海的灰色車子不見而已。」

簡子芸拍拍汪聿芃，意思是她到底怎麼發現的？

「很明顯啊，他眼神就不一樣啊！」汪聿芃完全理所當然，「沒有人逃出火場會用那種……像我們看到幽靈船的眼神！」

閃閃發光的，照理說從火場逃出、又知道是幽靈船，應該嚇都嚇死，要像那個演戲版的劉克尙一樣啊！

怎麼會每每提到火，都透著陶醉？

「我沒……」康晉翊搖搖頭，他眞的完全沒留意。

「我們就坐在他旁邊都沒看見了！」小蛙聲音超難聽還硬要講。

「外星人的邏輯我們不懂，但能救我們就好囉！」童胤恒也是泰然，「謝謝汪聿芃吧！」

大家趕緊再舉杯，汪聿芃反而變得有點彆扭起來。

「都市傳說社」的最新文章「幽靈船」已經上線，滿載著一百零四條人命的幽靈船已經遠颺，從歡暢KTV大火開始，牽扯出四年前鐵皮屋大火、兩年前電影院大火，還有那些逃生卻又死亡的人們，簡子芸一五一十的寫了明白。

謾罵聲減少了，就剩下那些原本就愛看又愛罵的人們，說的多半都是「無稽之談」、「廢話」、「怪力亂神」這些東西，但更多的是許多人回應寧可信其有，畢竟太玄了。

在美式餐館活下來的三個女生依序死亡，而一直「幸運」逃生的人卻被證實是縱火犯，許多意外可能都跟他有關！甚至最後發現「都市傳說社」察覺端倪，還意圖殺人滅口——又是用火。

于欣的校刊新聞也跟著分兩週刊出「都市傳說社」的理念，他們不是要製造恐慌，也不想引人注意，純粹繼承學長姐們創社的理念：熱愛都市傳說！

「說不定我們可以跟學長姊一樣，看到許許多多的都市傳說！」康晉翊整個人都活躍起來，「我眞的都快忘記當初多愛都市傳說了！」

「我也是！」簡子芸有些感動的說著。

「我可從來沒懷疑過喔！」小蛙說沒兩個字又咳了起來！

唯蔡志友眞是心情複雜，曾經身爲科學驗證社的一員，現在卻屢屢見識都市傳說——「我還沒那麼熱愛，但我眞的不後悔轉進來！」

童胤恒不知道能說什麼，全世界最難解釋心境的就是他了！聽得見都市傳說到底是好事還是壞事啊？不若汪聿芃，偶爾還可以看到如月車站的夏天學長啊，這根本拉高仇恨值啊！

「來！」汪聿芃很開心的從背包裡拿出一個信封袋，裡面好整以暇的放了好

幾張卡，「一人一張！」

汪聿芃親自設計：磚紅色的紙卡上印刷特殊字體，正中央是上五下五、一共十格的集點處，還有專屬印章蓋印，除了蓋章的方格外，其他部分都以護貝處理，相當講究。

卡片上頭白色的字體顯眼，寫著：「都市傳說集點卡」。

「喔喔喔！」蔡志友打開來看，「我有三點耶！」

人人應該都是三點吧，廁所裡的花子、被詛咒的廣告，還有這一次的幽靈船。

童胤恒遲疑的看著卡片，他果然有四點。

「為什麼你有四點？」小蛙推了他一把。

「血腥瑪麗。」童胤恒揚揚集點卡，突然有點驕傲。

簡子芸坐在汪聿芃身後，見狀大吃一驚，抽過她的卡，「五點？五點？」

「我也有血腥瑪麗跟如月車站啊科科！」汪聿芃取回她的卡，開心的舉高卡片笑著，「再加上跟大家一起的事件，這次的……幽……靈船……」

邊說，她聲音居然哽咽起來，淚水又滑落了。

不會吧……別鬧了！童胤恒忍不住翻了個白眼！

「妳不要現在跟我說失火很可怕，人被困在貨櫃裡超嚇人，濃煙讓妳睜不開眼，漆黑一片，高溫嗆得妳不舒服——」

汪聿芃正首看著他，咬著唇很委屈的點了點頭，淚水撲簌簌啊！

「你不知道那多可怕，前一刻我還看得見門……接下來就看不見了，又熱又痛，一直拼命咳都沒人來救我，連喊都喊不出來！」她嗚咽的低吼著。

所有人目瞪口呆的望著她，看著女孩一把鼻涕一把眼淚的抹著臉，哭得好恐懼好傷心，雙肩甚至微顫，可以想見那時在貨櫃屋裡的驚恐。

但、是——

「那是兩星期前的事了啊，汪聿芃同學！」康晉翊不能吼還是忍不住了，「妳LAG越來越嚴重了！」

「天線收訊不良嗎？地球訊號這麼差啊？」小蛙蛤了好大聲！

這種情緒反應眞的太太太慢了啦！

難怪那天她可以這麼冷靜，原來情緒接收器當掉了嗎！

簡子芸不敢笑得太誇張，因爲汪聿芃很認眞的在害怕啊，總覺得這樣笑她會很難過的！她趁機拿出自拍棒，難得社團重要人物聚會，總是得拍一張！

「好啦！來拍合照！」簡子芸起了身，「汪聿芃，擦擦眼淚唄！」

「啊……我們到車子被雷擊中那邊拍好不好？向陽，背景又剛好是那個貨櫃，這樣才有社聚的感覺！」康晉翊努力說著話。

「好！」站在雷擊處，背景是貨櫃，這場景簡直完美！自然全員通過！

童胤恒好氣又好笑拉起汪聿芃，她眞的現在才在害怕耶！眞是太有趣了！

大家一起走到那焦土之處，把車子燒到剩鋼架、人燒到見骨的雷殛大火，自然也在土地上燒出一塊黑，只是當簡子芸率先走到那邊時，戛然止步——咦？

「怎麼了？」康晉翊見狀有異，加快腳步往前。

簡子芸有些驚愕的回頭，所有人不約而同上前。

那片土地的確被燒得焦黑，但是卻……燒出了一個大家都太熟悉的圖騰——大圓圈之內的惡魔羊頭！

幽靈船的痕跡！

「這眞是太屌了！」小蛙由衷的讚嘆！

「好啦！這完全證實他們是被幽靈船帶走的囉！」童胤恒擊掌兩下，「自拍棒舉高一點，看能不能連這圖都拍下！」

「這圖只有我們看得見啊！」汪聿芃還在抽抽噎噎。

「有緣者都看得見！」康晉翊會心一笑，大家趕緊站好，由最高的蔡志友負責拿自拍棒。

喬了好多個角度都無法把兩個景都拍入，只好一張俯拍大家及地上的惡魔羊首圖騰，再一張平視拍攝，背景是那還繞著封鎖線的貨櫃屋。

照片裡的每個人，手裡都揚著磚紅色——都市傳說集點卡。

只要熱愛都市傳說，隨時都能看得見都市傳說喔！

「嗯？」檢視照片的簡子芸僵在原地，後頭的社員們都擠著想看剛剛拍得如何。

陽光明媚，照片不必修圖每個人都拍得極好，笑容燦爛的臉蛋，鮮豔的色彩，還有深藍色的貨櫃屋，襯著藍色的天空——還有上方那一艘——

幽靈船。

尾聲

李彥海把塑膠袋裡的土全倒了出來，把袋子甩乾淨後，將火柴劃出火光，走到貨櫃外的小窗，把火柴扔進去。

在遠處鐵皮圍欄角落，一對男女雙手抱胸的皺眉觀看。

「所以現在是失火了嗎？」男子留意到窗戶似乎有煙冒出！

「到底怎麼回事？」女子握拳，準備過去探看。

「妳不要急——噓，有人！」

一男一女貼著鐵皮圍牆，看著右手邊大概二十公尺處的洞口衝進汪聿芃的身影，緊接著是戴著安全帽的童胤恒。

「敏銳度挺高的嘛！」女子勾起嘴角，「欸，先報警，等等燒起來就麻煩了，」身邊的男人立刻報警，清楚的告知位置，並急需要消防車與救護車。

「童胤恒眞不賴，鍛練有素！」女子勾起微笑，甚是滿意。

「好歹曾是籃球社的，汪聿芃也是運動員，他們平時都有在鍛練……」男子轉頭輕啧，「妳不會想找他們練習吧？」

「那多無趣！找洋洋就好囉……喂，再十秒沒有結果我們就出手吧，貨櫃裡的人會被濃煙嗆死的！」她開始扭扭頸骨，「黃金一分鐘。」

「好！」男子脫下外套，也蓄勢待發，看著手錶倒數，「差不多了！」

女子蹙眉略顯不耐，「眞煩，幽靈船都還沒看到呢！跟著他們兩次了都沒看見——」

天空突然銀色閃光乍現，女子愣了一下。

劈啪——美麗的分岔曲線直接劈下，遠遠的便看見一團火球衝天，向上衝到一艘太迷人的羊骨船隻上！

幽靈船！

哇……男子也瞠目結舌，眼神帶著不可思議的光芒，緊緊握著身旁女子的手，激動不在話下，兩個人莫不揚起笑容，看著那破帆在風中飛揚，船側的大嘴滿足的做出吞嚥模樣，接著隱入了灰色的沉重雲層裡。

「哇喔！」女子笑開了顏，「好帥！」

「郭岳洋沒看到一定嘔死！」男子這才想到該拿手機出來拍。

「誰叫他要出國！」女子俐落旋身，「啊，消防車來了，我們快閃！」

男子抓著外套，與女子趕緊從那缺口離開。

離去前不由得回眸再看一眼壯麗的幽靈船，眞希望夏天能親眼見到，這令人屏息的美。

眞希望……

『呿！火車那傢伙眞的很煩，這次只好賣他一個面子！』

男孩將寫著「康晉翊」的船票揉成一團，火在他掌心燒著，當他張開掌心時，灰燼旋即隨風而逝。

『眞的煩死了！』男孩旋身，『揚帆——』

後記

凡研究都市傳說者，必遭遇都市傳說，我總覺得這應該當作「都市傳說社」的社團宗旨才對。

這樣可以獲得眞的想遇到都市傳說的人、過濾掉只是愛跟風的份子！其實不只是社團，不少活動裡都會有跟風的人，有時是跟風、有時是情義相挺、有時不好意思拒絕，但是這種熱（ㄨㄣˊ）血（ㄇㄧㄥˋ）的社團，還是要眞心喜愛會比較好（？）

歷經由盛轉衰的悲涼時期，扛下社團萎縮的責任，當熱情不知道什麼時候被消磨後的都市傳說社員們，也終於漸漸在「都市傳說」的「鼓勵」下，回憶起自己當初爲什麼想入社的初衷了！

而曾經好奇或是折服的人，也利用這個機會好好的審視自己是不是眞心喜愛這個社團，畢竟很多情況或許一開始是不得已，但後來眞的喜歡上也不一定啊！

逐漸復甦的「都市傳說社」就是這樣的一個走向。

而在談這次的都市傳說事件時，請大家記得這只是一個故事，背景是平行時空喔！並無意於挑起某些悲傷的過往，只是就網路上曾有的傳說資料記載加以發揮。

原形的幽靈船事件有二十餘年了，是個我有印象但不清楚詳情的新聞事件；當時只知道死傷慘重，然後那段時間內大量檢查消防設施，不合格就停業，我依稀記得不合格的超級多！

這次查找資料，才發現原來是那次的衛爾康餐廳大火後，犧牲多數人命換來的，是我們重新修定消防法及其他重大法規，更加重視公共安全。

而傳聞中的幽靈船，我當年知不知道這傳說？老實說，最清楚的就這個傳聞了XDD

因爲當時這個傳說眞的沸沸揚揚，不只網路上傳，新聞也播啊，同學間大家都在講！更絕的是當時一直有人看見船停在西門町萬年大樓樓上！只要有去西門町，我有意無意都會偷偷往上空瞧，尤其後來又有人說，幽靈船「長駐不走」哩！

當然我沒瞧見過，不過大家都在傳，加上其實衛爾康大火後，接連發生可怕的重大火警，又是十幾條人命，讓這個傳說更是甚囂塵上。

不過大家也知道，什麼新聞都是熱度上時很旺，一陣子過後民眾就淡忘了，所以後來幽靈船到底有沒有集滿一百條人命？究竟有沒有開走？也就沒什麼後續了。

只是那時很多人會常被告誡不要去公共場所玩，因為就怕幽靈船剛好要來收命。

當年的詳情也是這次查找資料才看到，看著新聞跟畫素不高的照片會覺得相當難受，起火點在唯一主樓梯附近，建材全是易燃建材（燒得快、濃煙多）、兩條逃生通道分別被磚牆及金屬浪板封死後、一開始滅火器滅火未果延誤救火時間、沒有及時疏散客人、後門的防火巷被改成ＫＴＶ全面封死。

讓人覺得最可怕的是，失火的餐廳有某幾面是大片強化玻璃，但當時大家並不熟悉強化玻璃要怎麼敲破，所以他們用最後的力量拼命敲打玻璃、或許還看得見外面的人們，但仍然無法逃出生天。

火災最可怕的殺手是濃煙，火是豔麗橘燦的，但濃煙是沉重的黑，它們會遮去所有的光，高溫的煙會使人嗆傷或窒息，而且濃煙速度非常快，因此只要沒有抓到黃金時間，幾乎就會被嗆暈進而死亡。

因此傳聞中，那塊地後來蓋了其他店家，半夜也都會傳來那急切的敲擊

聲……

在這兒順便來個小知識：火災時躲浴室是錯誤的，因爲塑膠門遇到火場高溫會直接融化，躲在裡面的人待門融化後，會被衝進來的濃煙嗆死，濕毛巾完全無法擋住濃煙中的毒氣和高溫。

而當往下逃生的路不通時，千萬別往上跑，因爲濃煙的速度比人快上太多了！而「小火快逃、濃煙關門」也是一種保命方式，當然逃生路線的暢通以及相關知識的吸收更爲重要。

順便推一下「林金宏的消防天地」，大家ＦＢ搜一下就有了，那裡有許多火災與地震的相關知識。

至今，幽靈船的傳說偶爾還會聽到，尤其當大型火災事故時，就會聽見有人提起，它已經成了一個都市傳說，融入在我們的生活中，當然誠摯的希望，幽靈船永遠不要再出來了！

最後，關於都市傳說們之間的關係？

當然不可說啦——它們可是都市傳說耶！

笭菁　2017.08.14

境外之城 073

都市傳說 第二部3：幽靈船

作　　者／笭菁
企畫選書人／張世國
責 任 編 輯／張世國
發　行　人／何飛鵬
副 總 編 輯／王雪莉
業 務 經 理／李振東
業 務 主 任／范光杰
行 銷 企 劃／周丹蘋
法 律 顧 問／元禾法律事務所　王子文律師
出版／奇幻基地出版
城邦文化事業股份有限公司
台北市 104 民生東路二段 141 號 8 樓
電話：(02)25007008　　傳眞：(02)25027676
網址：www.ffoundation.com.tw
e-mail：ffoundation@cite.com.tw
發行／英屬蓋曼群島商家庭傳媒股份有限公司城邦分公司
台北市 104 民生東路二段 141 號11 樓
書虫客服服務專線：(02)25007718・(02)25007719
24 小時傳眞服務：(02)25170999・(02)25001991
服務時間：週一至週五09:30-12:00・13:30-17:00
郵撥帳號：19863813　　戶名：書虫股份有限公司
讀者服務信箱 E-mail：service@readingclub.com.tw
歡迎光臨城邦讀書花園 網址：www.cite.com.tw
香港發行所／城邦（香港）出版集團有限公司
香港灣仔駱克道 193 號東超商業中心 1 樓
電話：(852) 2508-6231 傳眞：(852) 2578-9337
馬新發行所／城邦（馬新）出版集團
【Cite(M)Sdn. Bhd.(458372U)】
11, Jalan 30D/146, Desa Tasik,
Sungai Besi, 57000 Kuala Lumpur, Malaysia.
電話：(603) 90578822　　傳眞：(603) 90576622

封面內頁插畫／豆花
封面設計／宇陞視覺工作室
排　　版／極翔企業有限公司
印　　刷／高典印刷有限公司
■2017 年（民 106）9月7日初版一刷
■2023 年（民 112）8月16日初版10刷

售價／280元

國家圖書館出版品預行編目資料

都市傳說 第二部 3：幽靈船／笭菁著.--初版.--台北市：奇幻基地出版；家庭傳媒城邦分公司發行；2017.09（民106.09）
面：公分.－（境外之城：73）
ISBN 978-986-95007-5-3（平裝）

857.7　　106012847

ISBN 978-986-95007-5-3
Printed in Taiwan.

※本故事內容純屬虛構，如有雷同，純屬巧合。

廣　告　回　函
北區郵政管理登記證
台北廣字第000791號
郵資已付，免貼郵票

104台北市民生東路二段141號11樓

英屬蓋曼群島商家庭傳媒股份有限公司城邦分公司 收

請沿虛線對摺，謝謝

每個人都有一本奇幻文學的啓蒙書

奇幻基地官網：http://www.ffoundation.com.tw
奇幻基地粉絲團：http://www.facebook.com/ffoundation

書號：**1HO073**　　書名：都市傳說　第二部3：幽靈船

15
annual

奇幻基地15周年龍來瘋慶典

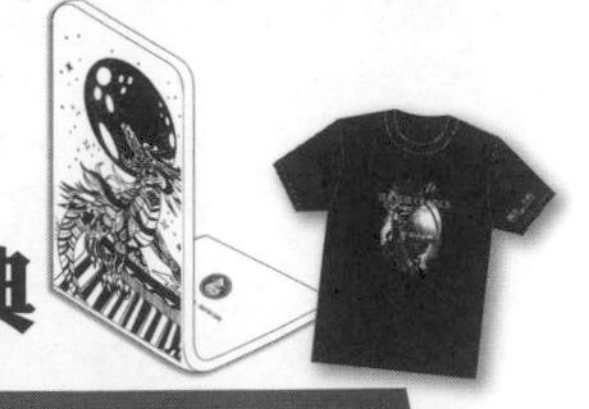

集點好禮獎不完！還可抽未來6個月新書免費看！

活動期間，購買奇幻基地作品，剪下回函卡右下角點數，集滿點數，寄回本公司即可兌換獎品＆參加抽獎！

集點兌換辦法

2016年6月起至2017年12月20日前（郵戳為憑），奇幻基地出版之新書，剪下回函卡右下角點數，集滿點數貼至右邊集點處，寄回奇幻基地，即可兌換贈品（兌換完為止），並可參加抽獎。

集點兌換獎品說明

5點：「奇幻龍」書擋一個（寬8x高15cm，壓克力材質）

10點：王者之路T恤一件（可指定尺寸S、M、L）

回函卡抽獎說明

1.寄回集滿5點或10點的回函卡，皆可參加抽獎活動！回函卡可累計，每張尚未被抽中的回函卡皆可參加抽獎。寄越多，中獎機率越高！

2.開獎日：2016年12月31日（限額5人）、2017年5月31日（限額10人）、2017年12月31日（限額10人），共抽三次。

回函卡抽獎贈書說明

中獎後，未來6個月每月免費提供奇幻基地當月新書一本！

(每月1冊，共6冊。不可指定品項。)

特別說明：

1.請以正楷書寫回函卡資料，若字跡潦草無法辨識，視同棄權。

2.本活動限台澎金馬。

【集點處】

1	6
2	7
3	8
4	9
5	10

（點數與回函卡皆影印無效）

為提供訂購、行銷、客戶管理或其他合於營業登記項目或章程所定業務之目的，英屬蓋曼群島商家庭傳媒(股)公司城邦分公司，於本集團之營運期間及地區內，將以電郵、傳真、電話、簡訊、郵寄或其他公告方式利用您提供之資料（資料類別：C001、C002、C003、C011等）。利用對象除本集團外，亦可能包括相關服務的協力機構。如您有依個資法第三條或其他需服務之處，得致電本公司客服中心電話(02)25007718請求協助。相關資料如為非必要項目，不提供亦不影響您的權益。

個人資料：

姓名：＿＿＿＿＿＿＿＿＿＿＿＿ 性別：☐男 ☐女

地址：＿＿＿＿＿＿＿＿＿＿＿＿

電話：＿＿＿＿＿＿＿＿ email：＿＿＿＿＿＿＿＿

想對奇幻基地說的話：＿＿＿＿＿＿＿＿＿＿＿＿

請剪下右側點數，貼於集點處，集滿5點以上，即可寄回兌換抽獎